ameiavida

Catalogação na Fonte
Elaborado por: Josefina A. S. Guedes
Bibliotecária CRB 9/870

Teixeira, Tim
T266a Ameiavida / Tim Teixeira. – 1 ed. – Curitiba: Appris, 2024.
2024 163 p. ; 21 cm.

Inclui referências.
ISBN 978-65-250-5442-1

1. Ficção brasileira. 2. Dor. 3. Mistério. 4. Saudade. I. Título.

CDD – B869.3

Livro de acordo com a normalização técnica da ABNT

Appris editora

Editora e Livraria Appris Ltda.
Av. Manoel Ribas, 2265 – Mercês
Curitiba/PR – CEP: 80810-002
Tel. (41) 3156 - 4731
www.editoraappris.com.br

Printed in Brazil
Impresso no Brasil

TIM TEIXEIRA

ameiavida

FICHA TÉCNICA

EDITORIAL	Augusto V. de A. Coelho Sara C. de Andrade Coelho
COMITÊ EDITORIAL	Marli Caetano Andréa Barbosa Gouveia - UFPR Edmeire C. Pereira - UFPR Iraneide da Silva - UFC Jacques de Lima Ferreira - UP
SUPERVISOR DA PRODUÇÃO	Renata Cristina Lopes Miccelli
ASSESSORIA EDITORIAL	Bruna Holmen
REVISÃO	Heleusa Angélica Teixeira Simone Ceré
PRODUÇÃO EDITORIAL	Bruna Holmen
DIAGRAMAÇÃO	Maria Vitória Ribeiro Kosake
ILUSTRAÇÃO DA CAPA	Sandrinha Abdalla
CAPA	João Vitor

Eu creio em destino.
Creio que nos entregam certas cartas e outras que teremos de mover para tornar o jogo da vida o melhor possível. Mas, às vezes, as cartas estão marcadas.

(Isabel Allende, escritora)

APRESENTAÇÃO

Este livro é quase uma alegoria. Muitos fatos que aqui serão narrados aconteceram realmente, são verdadeiros. Outros são mera ficção. Outros ainda simplesmente poderiam — ou deveriam — ter acontecido. Também podem ter saído de alucinações de quem os contou ou de quem os ouviu para recontar.

A história de Nina/Catarina, filha e mãe, que vocês passarão a conhecer a partir de agora é, no fundo, uma só. É uma história que, ainda que triste e dolorosa, não deve deixar de ser contada.

Irrelevante buscar saber o que é verdade ou o que é resultado apenas da imaginação. Mesmo porque, no fim, como dirá — ou deveria dizer — a personagem central deste livro, os mistérios desta vida sempre levam tudo para o mesmo lugar, lá onde tudo se mistura e tudo se confunde e de uma forma que apenas aqueles que já tiverem perdido o juízo serão capazes de perceber.

Tim Teixeira

PREFÁCIO

Lido diariamente com textos desde março de 1962, quando comecei a trabalhar como jornalista. Deixei o jornalismo em agosto 2013, mas continuei a escrever e a ler, agora como escritor. São, portanto, sessenta anos de trabalho diário com textos. Conto tudo isso para dizer como me encantou a leitura dos originais deste livro do meu amigo Antônio Euclides Teixeira, conhecido e respeitado no jornalismo brasileiro como Tim Teixeira.

É um texto claro, direto e, ao mesmo tempo, inspirado e surpreendente como o arco-íris que deslumbra logo ao final do primeiro capítulo. Pelos capítulos seguintes, aparecem outras surpresas deslumbrantes, como as considerações que a narradora tece a respeito do fardo que a esperança pode representar em nossas vidas ("um peso que nem todos conseguem carregar").

Ou a clarividente Salustiana e suas considerações sobre a felicidade — "é uma árvore que você planta e deve regá-la todos os dias para poder desfrutar da sua sombra. Ou melhor, são várias árvores, quanto mais você semeia mais sombra você terá. Mas, não se esqueça: nem isso impedirá que algum dia um sol inclemente possa descer sobre a sua cabeça".

Salustiana é um dos vários personagens acessórios que marcam presença, embora apareçam poucas vezes e sempre rapidamente. Outro é o nordestino Feliciano, formado pela vida para a função de capanga. Está sempre por perto, vigilante, atento, mas ninguém nota a sua presença. Outra personagem passageira e significativa é Glória, que talvez possa esclarecer sobre o mistério maior da trama, num encontro torpedeado por uma sequência de doses de conhaque.

O mistério maior da trama, em si, é outro elemento surpreendente, diferente: a narradora não quer saber sobre o seu futuro, mas sobre o seu passado. Sofre por isso, como também sofremos nós, leitores dessa história envolvente que, como se esclarece desde o início, mescla realidade e ficção, com a ressalva de que é "irrelevante buscar saber o que é verdade ou o que é resultado apenas da imaginação".

Literatura tem como característica dominante a liberdade que o escritor pratica, sem necessidade de se prender à realidade ou mesmo à verossimilhança. Por mais fantástica que pareça a situação apresentada, o que realmente importa é chegar ao leitor, capturar sua atenção, prender o seu interesse, transportá-lo até o final do capítulo, até o final do livro.

A forma, na criação literária, tem precedência sobre o conteúdo. Entre estudiosos do assunto, comenta-se que qualquer um pode escrever a história de um casal de jovens apaixonados, levados à morte por causa da rivalidade entre as suas famílias. Mas se o autor conta essa história com graça, e principalmente inspiração, chegamos a *Romeu e Julieta*, de Shakespeare.

É o que encontramos neste livro ***ameiavida***, de Tim Teixeira, que encanta e intriga desde o título grafado assim, numa palavra emendada, sem maiúscula, sem registro nos dicionários. Atrai o leitor e, melhor de tudo, retribui com o prazer de uma leitura encantadora.

Carmo Chagas

Jornalista e escritor

SUMÁRIO

Àquela que viveu esta história
(e só pôde contá-la pela metade)

A vida é aquilo que se passa
entre o momento em que
abrimos os nossos olhos
e aquele em que as pessoas
que amamos fecham os seus.

I

UM TREM QUE PARTE

POR UM desses descuidos, alguém esqueceu o portão aberto e foi por ali que Nina ganhou a rua, sem ser percebida por nenhuma das professoras ou funcionários da escola. Com os passos miúdos dos seus cinco anos, ela caminhou em direção à estação da estrada de ferro, que ficava a menos de trezentos metros da escola. Havia ouvido o apito do trem e imaginou que sua mãe deveria estar embarcando naquele momento. Uma chuva grossa, incomum para aquele início de agosto, colheu-a no meio do caminho, disfarçando o rosto já banhado de lágrimas.

Na noite anterior, ouvira soluços no quarto da mãe. Aproximou-se e escutou a voz do pai:

— Está decidido. Será melhor para você. Não vamos mais discutir esse assunto.

Catarina ainda procurou argumentar:

— Cícero, o Tales ainda está precisando de amamentação. Como é que posso deixar o menino desse jeito?

— Não se preocupe com isso. Já pensei em tudo. Pode ir tranquila que tudo ficará bem.

Não havia rispidez nas suas palavras, apenas a determinação de uma decisão que estava tomada e para a qual parecia não haver volta.

Espreitando por trás da cortina, Nina viu a mãe afundar o rosto no travesseiro e sufocar os soluços.

Agora, enquanto os pingos da chuva tornavam-se cada vez mais grossos, ela tratava de apressar os passos em direção à estação de trem com receio de não chegar a tempo.

Catarina era uma mulher bonita. Morena, lábios bem definidos, olhos e cabelos negros. Não chegava a ser alta, mas o corpo esguio dava-lhe um porte elegante. Tudo acentuado pelo esmero com que se vestia. Naquele início de tarde, ela trajava um vestido longo cor-de-rosa, com alguns detalhes em branco. Usava também luvas brancas e um pequeno chapéu, uma espécie de boina, que mal cobria os cabelos luzidios finalizados num coque caprichado atrás da nuca.

Tinha vinte e quatro anos. Casara-se aos dezesseis, grávida de Lívia. Depois vieram os gêmeos, Nina e Gabriel. Por fim, Tales, agora com pouco mais de um ano de idade.

Cícero acomodou a bagagem no compartimento superior da primeira classe e, antes de dar um beijo de despedida na testa da esposa, perguntou se ela precisava de alguma coisa. Catarina fez um sinal negativo com a cabeça e lançou um olhar perdido pela janela. O marido ainda permaneceu ali ao seu lado, em pé e calado, enquanto aguardava o último apito para deixar o trem.

Uma revoada de pensamentos confusos atravessava a cabeça de Catarina naquele momento. Mas, por mais angustiante que fosse aquela situação, sabia que não seria capaz de odiar o marido. Ele fora o primeiro e único amor da sua vida. Impossível alimentar qualquer outro sentimento. Ainda que nos últimos tempos ele parecesse mais distante e menos amoroso, ela guardava na lembrança os momentos felizes que os haviam aproximado e que os levaram a uma paixão fulminante. Nem mesmo o casamento precoce e fora dos planos, e também a gravidez inesperada, foram capazes de trazer turbulência para a vida dos dois jovens apaixonados.

Meses atrás, um repentino e incontrolável acesso de tosse fez Catarina dar-se conta de que a sua saúde havia chegado a uma situação delicada. Mas, mesmo consciente disso, a partida parecia esmagar o seu peito com uma dor que ela nunca havia experimentado. Agora, tudo aquilo que no início parecia um sonho começava a se desfazer. Ela partia para um mundo desconhecido, deixando o único homem que havia amado e os quatro filhos. E pior: sem saber que destino a esperava assim que o trem fizesse a primeira curva.

De repente, Catarina voltou o olhar para a extremidade do vagão: lá estava Nina, em pé, encharcada pela chuva, os cabelos negros escorridos pelo rosto. Antes que tivesse qualquer reação, viu Nina sair correndo ao seu encontro para se atirar nos seus braços. Por algum tempo permaneceram assim, abraçadas num abraço desesperado. Nenhuma palavra, apenas soluços entrelaçados. Até que um novo apito anunciou a partida iminente.

— Vai, filha, vai com o seu pai — disse Catarina.

— Não, mamãe. Não vá! — gritava a menina.

— Filha, será por pouco tempo. Logo estarei de volta.

— Eu sei que não. A senhora não vai voltar mais.

Catarina sentiu um aperto na garganta. Com um suspiro entrecortado, enxugou as lágrimas, apertou a cabecinha da filha entre as duas mãos e alisou os seus cabelos.

Fez esforço para interromper os soluços:

— Filha, você já está ficando crescidinha, logo será uma moça. Vou te pedir uma coisa, posso?

— Pode — respondeu Nina, sem afastar a cabeça.

— Quero que você cuide do seu irmãozinho, enquanto eu estiver fora. Você faz isso para mim?

Nina não respondeu. Afundou ainda mais a cabeça no peito da mãe, enquanto a apertava com seus pequenos braços.

Sem dizer nenhuma palavra, Cícero tomou a menina no colo e caminhou em direção à porta de saída. Enquanto o trem, lentamente, iniciava sua arrancada, Nina procurava a mãe através das janelas até colher a sua imagem com a cabeça recostada para trás, num sinal de impotência e desespero. Enquanto isso, de olhos fechados, Catarina guardava a imagem da filha, com seus pequenos olhos, negros também, assombrados pela despedida. Uma despedida que, ela sabia, talvez fosse definitiva.

A chuva havia cessado e o trem desapareceu no horizonte, penetrando no túnel formado por um esplêndido arco-íris.

ANTES de continuar este relato, preciso dizer algo que julgo necessário esclarecer desde o início. A Nina desta história sou eu — e os fatos que aqui vou narrar devem realmente ter acontecido, pois estão presos nos porões da minha memória. Mas, às vezes, penso também que podem ser apenas sonhos alucinados, visões inexplicáveis, ou meros alumbramentos. O certo é que compõem a história dos personagens que vocês acabaram de conhecer, cujas vidas, por uma sucessão de tragédias, foram cortadas pela metade.

Durante muito tempo convivi com as assombrações desse passado. Um passado que, a cada esquina, revela mistérios inexplicáveis ou, no mínimo, fatos que até hoje, por fraqueza ou covardia, permiti que permanecessem estacionados no limbo entre a verdade e a paranoia.

Não foi fácil remexer essas lembranças. Muitas delas são dolorosas e nós mesmos, talvez por um instinto de defesa, sejamos tentados a colocá-las nos cantos mais escondidos. Muitas delas também pareciam lembranças soltas e desconectadas. Por vezes, cheguei a me indagar se aquilo realmente havia acontecido comigo. Busquei forças para montar uma história coerente, mas vocês provavelmente irão notar que nem tudo que aqui vou escrever seguirá uma sequência lógica. Parece não haver lógica nas minhas lembranças. Elas flutuam como nuvens capazes de surgir e desaparecer, passeiam pela minha mente sem que eu tenha controle sobre elas. Sem que, às vezes, eu consiga até mesmo situá-las no tempo. É provável que isso venha a exigir um certo esforço de quem se dispuser a acompanhar esta narrativa. Não me culpem, fiz o melhor que pude.

O que sei com certeza é que preciso contar esta história antes que a doença que também reduziu minha vida ao meio fulmine meus últimos neurônios e apague definitivamente a minha memória.

II

VIDA NO INTERIOR

A VIDA escorria com uma lentidão pastosa sobre Mirante, principalmente nas tardes de verão, que costumavam ser abrasadoras. Os raios do sol brincavam sobre os tetos das casas, criando imagens difusas, que ao longe mal podiam ser percebidas. A cidade, perdida no meio do quase nada, comemorava o asfalto da primeira de suas duas dezenas de ruas, e nem mesmo havia outros atrativos naquele pequeno pedaço de mundo. O cinema havia fechado as portas há tempos, não se sabe se por falta de público ou de atrações, ou de ambos. Um martírio para as meninas como Catarina, condenadas a uma situação de quase clausura. O lazer ficava restrito às reuniões de sábado à noite no Clube Acadêmico, que também promovia as domingueiras, à tarde, para a garotada que ainda não havia alcançado a idade limite para os bailes destinados aos adultos. Nem isso era capaz de afastar o tédio daquele lugar. As mesmas pessoas, as mesmas músicas, o mesmo clima modorrento. E Catarina ainda devia dividir a mesa com a inseparável dama de companhia, Madalena, sua tutora eternamente vigilante.

— Saiba que, a partir deste momento, a minha filha está sob inteira responsabilidade da senhora — disse o pai, o coronel Aristides, conhecido pelo rigor e retidão com que conduzia suas funções militares em Cachoeira do Oeste, no momento em que as deixou na porta do pensionato, em Mirante.

Embora fosse doce e meiga com a menina, Madalena cumpria as determinações com fidelidade absoluta. Mas desde o início assumiu que não deveria ser apenas uma preceptora de Catarina. Tomou-a como se fosse sua filha, ainda que movida pela decisão inabalável de não permitir qualquer desvio nas determinações impostas pelo coronel.

Catarina era filha única. Celeste, a mãe, havia lutado durante oito anos para engravidar. Um problema nos ovários exigiu-lhe sacrifícios e um longo tratamento. Decidida, ela agarrou-se ao sonho da maternidade e persistiu na sua determinação até o momento em que entrou no hospital para um parto prematuro. Durante quase duas horas os médicos lutaram para salvar a mãe e a menina. Apenas a menina sobreviveu.

Em missão militar na Amazônia, o coronel Aristides recebeu a notícia dois dias depois. Catarina foi amamentada por uma tia.

Aristides impôs-se oferecer à filha uma educação primorosa. Matriculou-a no colégio dos padres franceses em Mirante. O colégio, exclusivo para moças, cuidava do ensino de forma exemplar. Por isso atraía as filhas dos fazendeiros mais endinheirados da região. Não era essa a situação de Aristides. Filho de militar, cedo optou pela carreira do pai, e foi levando uma vida austera que, ao chegar à patente de coronel, havia conseguido acumular os recursos suficientes para oferecer o melhor à filha, que, até completar doze anos de idade, sempre tivera uma saúde delicada.

III

PEQUENOS DELÍRIOS

— NINA, você está bem?

Nina não respondeu.

A voz havia soado de uma forma quase etérea que ela pensou tratar-se de algum tipo de alucinação. Afinal, nos últimos tempos, seu cérebro parecia dar sinais de enfraquecimento. Tarefas normais, como escovar os dentes ou pentear os cabelos, que qualquer um realiza mecanicamente, vinham exigindo certa concentração.

Olhou em volta. Imaginou que poderia ser Benedita, a fiel empregada que a servia com total dedicação desde o casamento. Não era ela. Benedita deveria estar em algum outro canto da casa, ocupada com seus afazeres.

Mesmo intrigada, continuou entregue ao que havia proposto fazer naquela manhã. Numa caixa de velhos guardados havia encontrado um velho boneco de pano, a quem deu o nome de Chico, presente da mãe quando completou cinco anos. Aos olhos de Nina, Chico era um ser vivo. Vestia calças curtas num tom amarelado, uma camiseta com listras horizontais brancas e pretas, tinha pequenas botas, que nos primeiros tempos eram capazes de mantê-lo de pé. Os olhos, feitos de pequenos botões, eram vivos e brilhantes. Pareciam fitá-la firmemente todas as vezes que conversavam. Uma das pernas estava bamba e os braços ameaçavam desabar. Os cabelos, feitos de fios de lã, haviam perdido a corrida para o tempo, assim como a pintura que delineava a sua boca. Nina chegou a lamentar tê-lo enfiado numa caixa de coisas inservíveis, pois tinha um carinho especial por ele. Afinal, foi o último presente que a mãe lhe deu antes de tomar aquele trem e desaparecer.

Tirou o pó que se acumulava sobre as suas roupas, apertou-o contra o peito, acariciou-o e refez diálogos que mantinha com ele quando menina:

— Você está com saudade da sua vovó? Eu também. Mas ela disse que vai voltar, e eu acredito que um dia ela entrará por aquela porta.

Depois, resolveu acomodá-lo sobre a cama, exatamente em cima do seu travesseiro. E ali Chico deveria ficar para sempre.

— Você está bem, Nina?

Dessa vez, a voz soou clara e nítida. Nina teve certeza de que não se tratava de nenhuma alucinação. A não ser que o juízo a tivesse abandonado de vez.

Talvez fosse isso mesmo que estivesse acontecendo.

IV

CRIME E ACASO

THOMÁS deixava a farmácia com uma caixa de analgésico na mão. Desatento, quase atropelou a jovem Nina que passava pela calçada acompanhada de uma amiga.

— Desculpa, senhorita. Nem sei como pude ser tão desastrado, me perdoe — disse.

Ao mesmo tempo que ele procurava ampará-la para evitar que fosse ao solo, seus olhares se cruzaram. Nina nada respondeu, buscou apoio no braço da colega e ambas se afastaram com sorrisos escondidos debaixo dos lábios, sem olhar para trás. Enquanto isso, Thomás voltava para o hotel onde estava hospedado preocupado em curar sua enxaqueca e colocar ordem nas anotações que já havia reunido em torno do caso de Licinho Carneiro — assunto que o havia levado a Morro Grande.

Thomás iniciava sua carreira de repórter investigativo numa revista semanal recentemente lançada em São Paulo, depois de se formar e de uma passagem relativamente curta pelo *Jornal da Cidade*. Sua preferência sempre havia sido a área de esportes, mas um pedaço de fama havia chegado de forma repentina, quando numa série de reportagens lançou luzes sobre a misteriosa morte de uma costureira que atendia senhoras da alta sociedade num ateliê do bairro chique dos Jardins, em São Paulo. Agora, ele estava em Morro Grande para debruçar-se sobre o caso de Licinho Carneiro, cujo desaparecimento também estava envolto em mistérios.

O desaparecimento de Licinho Carneiro não era assunto apenas em Morro Grande. O caso havia se tornado tema nacional na medida em que os dias se passavam e a polícia não conseguia avançar nas investigações. Dentro de alguns meses, Licinho Carneiro iria completar dezoito anos de idade, estudava no Rio de Janeiro e estava de férias em Morro Grande, quando saiu para uma festa e não mais foi encontrado. Sua fama na cidade era de um jovem intempestivo que costumava se valer do poder e do dinheiro do pai, um dos fazendeiros mais notórios da região. Do pai, dizia-se que nada acontecia em Morro Grande, principalmente na área da política, que não fosse da sua vontade ou que não tivesse merecido a sua aprovação.

Licinho Carneiro fora visto pela última vez havia quase oito dias e o viés político poderia ser uma das vertentes para o caso, segundo a própria polícia, ainda que a total falta de notícias não autorizasse ninguém a arriscar qualquer tipo de conclusão. Além disso, o rapaz já havia se envolvido em várias confusões, incluindo brigas, agressões e até ameaças de morte. Tinha um carro último tipo e, mesmo sem carteira de habilitação, costumava dirigir em alta velocidade pelas ruas da cidade. Certa vez, atropelou uma família inteira num ponto de ônibus. Morreram a mãe e dois filhos, somente o pai sobreviveu. Licinho fugiu do local e, com a proteção do pai e a condição de menor de idade, escapou de qualquer punição. Ficou um bom tempo sem sair do Rio de Janeiro. Agora, havia voltado a Morro Grande para as férias, quando foi dado como desaparecido.

Por isso, o delegado Ribamar Rodrigues havia colocado sobre a sua mesa também a hipótese de uma vingança. Licinho tinha feito tantos inimigos que talvez nem mesmo a enorme fortuna do pai fosse capaz de comprar. Poderia até já estar morto, chegou a imaginar o delegado.

Porém, parte do mistério se dissipou quando um bilhete deixado junto a uma lixeira na Estação Rodoviária informava que Licinho Carneiro estava vivo, em lugar seguro, e que somente seria solto após o pagamento de um resgate.

Eram essas as informações disponíveis sobre o caso quando Thomás chegou a Morro Grande com a missão de contar essa história para a revista. Ele anotou as informações em pequenos pedaços de papel e meticulosamente distribuiu tudo sobre a cama do hotel, procurando estabelecer uma ordem cronológica nos acontecimentos.

Naquela noite, porém, a enxaqueca não deu trégua e ele foi dormir cedo. No dia seguinte, iria encontrar-se com um jornalista do *Correio do Povo*, com quem havia feito contato antes mesmo de sair de São Paulo. Embora o *Correio do Povo* fosse o maior jornal de Morro Grande, não se poderia classificar Lucas Maranhão como um repórter de polícia. Ele era o único repórter do jornal — crime, feira agropecuária, esportes ou eventos sociais, tudo isso fazia parte da sua agenda.

Lucas Maranhão recebeu Thomás como se fossem amigos há tempos, na mesa de uma pequena cafeteria ao lado do jornal. Passou a ele todas as informações de que dispunha sobre o caso, procurando não se esquecer nem mesmo dos detalhes que aparentemente poderiam parecer insignificantes. Thomás anotou todos os dados, fez ainda perguntas sobre a vítima e a família, seus hábitos e histórias — embora quase tudo isso já fizesse parte do dossiê que havia preparado antes mesmo de viajar para Morro Grande.

De posse desse material e das informações que Lucas Maranhão havia lhe passado, foi procurar o delegado responsável pelo caso. Ribamar Rodrigues recebeu-o na sala acanhada da delegacia, onde um ventilador barulhento tentava espantar o calor daquela tarde. Diante do repórter de uma revista que havia sido lançada com enorme impacto, o delegado parecia ter mais perguntas do que que respostas a oferecer. Não deixou de elogiar, por exemplo, a capa da primeira edição, que trazia uma foice e um martelo cruzados sobre um fundo vermelho, com o título "O Grande Duelo no Mundo Comunista". Uma ousadia para aqueles negros tempos de ditadura militar. Ribamar Rodrigues permitiu-se até revelar o sonho frustrado de ser jornalista e garantiu que Thomás teria prioridade em qualquer notícia relativa ao caso de Licinho Carneiro.

Thomás voltou para o hotel frustrado, pois sabia que não tinha nenhuma informação nova ou relevante para sustentar a reportagem. Teria que se contentar com o relato de fatos já conhecidos. Mesmo assim, decidiu iniciar a sua tarefa: puxou uma mesinha para o lado da cama, ajeitou a máquina de escrever (uma Olivetti Lettera 22 portátil, presente do pai, orgulhoso da profissão que o filho havia escolhido), colocou o papel e escreveu: "Licinho Carneiro não era uma pessoa admirada na sua cidade..."

Antes que terminasse a primeira linha o telefone tocou. Era Lucas Maranhão:

— Estou indo a uma festa na casa de um amigo. Não quer ir comigo?

Thomás procurava encontrar uma desculpa para recusar, pois sabia que na manhã seguinte a reportagem deveria estar na redação, mas Lucas insistiu:

— Lá a gente vai encontrar amigos de Licinho. Talvez seja interessante.

Thomás não teve dúvidas. Guardou os seus registros, anotou o endereço, tomou um banho rápido e foi para a festa.

Ao entrar na sala, a primeira pessoa que viu foi Nina. Ela também o notou. E seus olhares se cruzaram novamente. Iria continuar a partir dali uma história que havia começado num choque acidental em frente à farmácia.

V

VIDENTE OU FEITICEIRA

MAGDA era rejeitada por quase todas as colegas da escola, embora fosse boa aluna e ninguém conseguisse se equiparar a ela nas notas de matemática. Um acidente doméstico, quando ainda era pequena, deixou-a com a pálpebra do olho esquerdo caída, o que lhe valeu a rejeição na escola, além do apelido de Caolha. Vivia numa casa relativamente simples com a avó Salustiana, que alguns consideravam vidente e outros, feiticeira. Como em toda cidade pequena, comentava-se como aquela menina conseguia frequentar o colégio dos padres franceses, onde as matrículas eram destinadas às filhas dos detentores de altas posses — e também porque dos seus pais quase nada se sabia.

Indiferente a tudo isso, Catarina tornou-se amiga de Magda desde o primeiro dia de aula. Sentavam-se juntas na mesma carteira de madeira, que tinha um assento duplo reclinável e um recipiente para tinta no meio do suporte destinado ao apoio dos livros e cadernos. No seu trajeto para a escola, Magda devia passar pela porta do pensionato de Catarina, o que serviu para reforçar a amizade entre ambas. Catarina tinha o hábito de esperá-la no portão. Dali em diante seguiam juntas, sempre acompanhadas, é claro, pela fiel Madalena, tanto na ida quanto na volta.

Um dia, Magda surpreendeu Catarina com um convite para ir até a sua casa. O convite havia partido da avó, depois de Magda ter relatado a situação de *bullying* que enfrentava na escola. Num determinado dia à tarde, Catarina e Madalena chegaram à casa da vidente Salustiana e foram recebidas com bolo de fubá e suco de graviola. Ficaram conversando na sala, em torno de uma mesa enorme, que tinha um vaso com quatro flores artificiais no centro. Depois de algum tempo, a velhinha pediu à neta que conduzisse Madalena até o quintal:

— Mostre a ela os pés de frutas que eu plantei. E, também, o casal de faisões.

Ficaram Salustiana e Catarina sozinhas na sala. Catarina examinou o ambiente. Nada de anormal para a casa de uma pessoa que alguns consideravam feiticeira. Chamou a atenção apenas um nicho incrustrado numa das paredes, onde uma vela acesa iluminava uma pequena imagem de Santa Bárbara. Mas nem isso poderia ser considerado anormal. Era comum encontrar imagens da santa em outras casas de Mirante, uma região constantemente sujeita a tempestades e vendavais. E, como se sabe, Santa Bárbara é a santa que protege as pessoas diante dessas tormentas.

Num dado momento, Catarina concentrou o seu olhar no rosto de Salustiana, tentando adivinhar a idade da velhinha. Não se sabia a idade de Salustiana. Poderia ter oitenta anos, como alguém havia assegurado. Também poderia passar dos cem, como outros garantiam, pois é sabido que as feiticeiras vivem para sempre. Magda nunca tocou nesse assunto, algo que para Catarina, naquele momento, pareceu irrelevante.

No meio da conversa o assunto caminhou para Santa Bárbara e Salustiana relatou uma das experiências mais assustadoras da sua vida — a de estar no meio de uma dessas tormentas.

— Ah!, minha filha! Não queira conhecer a fúria de um furacão! Não queira viver a experiência de se ver fustigada por um desses demônios! Você se sentirá o mais ínfimo dos seres sobre a Terra, sem forças até para apelar a Deus, porque talvez nem Deus seja capaz de fazer algo nessa hora. Afinal, foi Deus que entregou à natureza os meios de criar as suas próprias regras, suas próprias leis... E as leis da natureza quase sempre são implacáveis. Elas nos subjugam com uma força descomunal. Elas impõem a sua vontade, como querendo dizer que aqui não deveria ser o lugar de ninguém, a não ser dos bichos. Se tiver amor à sua vida, você implorará mesmo sabendo que não será ouvida. E permanecerá inerte, esperando que a misericórdia desça sobre a sua cabeça. Quando tudo acabar e o silêncio invadir os seus ouvidos, os seus olhos serão contemplados com a mais extraordinária visão que se pode imaginar, por maior que tenha sido a devastação. Ah! Este mundo é mesmo maravilhoso...

Ao perceber que a narrativa havia deixado Catarina assustada, Salustiana pediu desculpas. E tomou as suas mãos, para acalmá-la. Ainda assim, não deixou de avançar por uma previsão sombria:

— O problema, minha filha, é que os homens continuam achando que são capazes de desafiar tanto Deus quanto a natureza. Pagarão caro por isso...

Catarina sentiu vontade de perguntar onde Salustiana havia presenciado algum desses fenômenos, para ser capaz de descrevê-los com tantos detalhes, uma vez que com essa força eles são praticamente inexistentes no Brasil. Imaginou que fosse mesmo alguma coisa de bruxaria, e resolveu arriscar:

— É verdade que a senhora é capaz de ver o futuro das pessoas?

A resposta da anciã veio de forma surpreendente:

— Mais que isso, minha filha. Deus me deu o dom de ver também o passado delas. Não sei se isso é bom ou ruim, porque às vezes me causa muita dor.

Catarina pareceu meio desconcertada e a velhinha voltou a tomar as suas mãos:

— Você, por exemplo... Você veio ao mundo numa noite de muita alegria, mas também de muita dor. Pena que a sua mãe, que tanto esperou por você, não tenha sobrevivido para ver a moça linda em que a filha iria se transformar.

Catarina ficou arrepiada. Afinal, pouquíssimas pessoas sabiam que sua mãe havia morrido no parto. Tinha mais perguntas a fazer, mas gostaria de iniciar pelo futuro, já que naqueles dias havia começado a flertar com um rapaz que conhecera numa das domingueiras do Clube Acadêmico.

— Quanto ao futuro — retomou a vidente, sem que Catarina nada ainda lhe houvesse perguntado. — Quanto ao futuro, Catarina, vejo que aquele que vai cruzar o seu caminho não será esse rapaz que está colocando brilho nos seus olhos neste momento. Aquele que fará parte da sua vida nem está aqui por perto. Ele virá de longe e vocês avançarão por um caminho onde há muita luz...

Depois de dizer isso, Salustiana fez uma pausa e Catarina percebeu que uma leve ruga havia se formado no meio da testa da anciã, vindo a se somar às outras que já existiam.

— O caminho de vocês tem bastante luz — repetiu —, mas eu não estou conseguindo ver até onde vai levá-los. Parece que há uma ponte quebrada no meio da estrada e só ele conseguirá atravessar...

Catarina ficou impressionada, mas teve que guardar todas as perguntas que gostaria de fazer, pois Madalena ressurgiu na sala, trazendo nas mãos um cesto cheio de jabuticabas.

— Precisamos ir embora, Catarina. Está ficando tarde e você ainda tem as lições para fazer.

Elas se despediram no portão e Catarina partiu certa de que deveria voltar outras vezes à casa da velhinha vidente.

VI

HISTÓRIAS RELEVANTES

THOMÁS não sabia dançar, não tinha o hábito de frequentar bailes e sempre procurava encontrar uma desculpa para recusar os convites dos colegas que tentavam arrastá-lo para algum desses salões muito comuns na São Paulo que avançava para o final dos anos 1960. Por isso mesmo, nem sabe qual impulso o levou a se aproximar de Nina naquela festa e convidá-la para dançar. Ela sorriu e ambos foram para o meio do salão. A vitrola, ligada num volume suave, derramava *Bésame Mucho*, nas vozes do coral de Ray Conniff, enquanto um vozerio, também suave, tomava conta do salão e um grupo mais animado, do qual Lucas Maranhão fazia parte, se divertia num canto fumando um baseado de maconha. Thomás se esforçava na tentativa de acertar os passos, enquanto Nina se divertia com a falta de jeito do parceiro de dança. Depois de concluir que aquela seria mesmo uma missão quase impossível, ele a convidou para fazer algo que lhe parecia estar dentro das suas possibilidades: sentar-se e conversar.

Direto e objetivo, como convém a todo jornalista, Thomás não precisou mais do que meia dúzia de palavras para dizer quem era e o que estava fazendo em Morro Grande. A narrativa de Nina iria exigir muito mais tempo.

Quando Nina começou a fazer o relato da sua vida, Thomás não teve dúvidas de que estava diante de uma história mais impressionante do que aquela que o havia levado a Morro Grande. Era o caso de uma menina que, pouco depois de completar cinco anos de idade, havia visto a mãe partir num trem e que dela nunca mais teve notícias. Não soube para onde foi, ou que rumo tomou. Não soube se estava viva, ou se já havia morrido, visto que supostamente havia partido para fazer tratamento de uma doença que também nunca foi suficientemente esclarecida. Se estivesse viva, onde estaria? Com quem estaria vivendo? Se estivesse morta, onde teria sido enterrada, já que também sobre isso igualmente nada foi esclarecido?

Nina contava essa história com os olhos tristes, mas de uma forma até serena, enquanto a música lenta escorria pela vitrola e os casais começavam a se dissipar. Num dado momento, ela se calou, ficou com o olhar perdido no salão e, pela primeira vez, consentiu uma lágrima quase imperceptível. Thomás procurou a sua mão, gesto que ela delicadamente repeliu.

Passados alguns momentos, ela recolocou o brilho no olhar e perguntou:

— Você não quer mais dançar?

Thomás sorriu:

— Eu não me atreveria a estragar ainda mais os seus sapatos.

O que ele queria mesmo era conhecer mais detalhes da história de Nina. Mas ela, convencida de que já havia falado até demais para alguém que havia acabado de conhecer, resolveu que não deveria avançar na sua narrativa. Ainda assim, permitiu contar-lhe que estudava em Boturama, uma cidade média no interior de São Paulo, para onde fora enviada algum tempo depois do desparecimento da mãe e do novo casamento do pai. Viviam ela e a irmã mais velha, além do irmão gêmeo, com uma tia a quem chamavam de avó. Estudavam as duas num colégio de freiras, mas nas férias sempre voltavam para Morro Grande, onde o pai morava com a nova esposa. Lamentava que, em Boturama, a avó a criasse com rigor exagerado e nem mesmo lhe permitisse ter muitas amizades. Agora, aos dezessete anos, as alegrias se restringiam aos períodos de férias em Morro Grande, quando podia aproveitar os encontros com as amigas e tentar descobrir o mundo que estava se abrindo à sua frente.

"Um mundo sempre vigiado". Houve um momento em que Nina deixou escapar essa frase e Thomás ficou intrigado. Quis saber a que ela se referia. Nina levantou-se, tomou-o pela mão como se fossem namorados e o levou até uma grande janela do salão, que abria vista para uma rua pouco iluminada. Apontou para a esquina e perguntou:

— Você está conseguindo ver aquele vulto ali?

Thomás firmou os olhos e disse:

— Sim, parece uma pessoa.

— É, sim, uma pessoa. Chama-se Feliciano. Ele é o capanga do meu pai. Quando eu venho de férias, a missão dele é fazer vigilância. Na hora que eu sair daqui ele estará ali esperando, para me acompanhar à distância. Só vai desaparecer no momento que eu entrar em casa.

Thomás ficou em dúvida sobre o que poderia dizer e foi salvo por Lucas Maranhão, que chegou bastante animado, disposto a apresentá-lo aos amigos de Licinho Carneiro. Ouviu deles várias histórias repetidas, algumas das quais até se poderia colocar em dúvida, dado o nível de euforia que a turma exibia naquele momento. Entre elas, porém, surgiu uma revelação importante: naquela tarde, os sequestradores haviam feito contato com a família de Licinho Carneiro e estavam exigindo o pagamento de 10 milhões de cruzeiros para libertar o rapaz. Uma informação aparentemente confiável, uma vez que foi trazida pelo único integrante do grupo que parecia razoavelmente sóbrio. Em todo caso, era algo a se confirmar no dia seguinte quando iria encontrar-se novamente com o delegado Ribamar Rodrigues.

Thomás ouvia os relatos com os olhos colocados no outro lado do salão, onde Nina conversava com as amigas. Quase sem ser notado, ele afastou-se e foi novamente em direção a ela.

— Quero que você conheça a minha irmã — disse Nina, apontando para Lívia, ao lado.

— Não sabia que a sua irmã estava aqui na festa — respondeu Thomás, enquanto Lívia lhe estendia a mão com um sorriso cortês.

— Acabei de saber que você impressionou bastante a minha irmã. E vejo que ela tem razão. Você é um rapaz muito simpático — revelou Lívia, deixando Nina numa situação claramente desconfortável.

— Essa minha irmã sempre fala demais, vamos embora — disse, puxando-a pelo braço.

— Mas ainda é cedo, gostaria de conversar mais com você — disse Thomás na esperança de retê-la um pouco mais.

Lívia e as amigas se afastaram, Nina e Thomás ficaram a sós outra vez. Passados os instantes de certa irritação provocados pela irmã, o rosto de Nina cobriu-se novamente do brilho que tanto havia impressionado Thomás. E eles voltaram a conversar normalmente. Talvez para não perder o encanto daquele momento, ele resolveu não insistir para que ela continuasse contando a sua história. Uma história que imaginava ser dolorosa.

Não demorou muito e Lívia retornou, ao lado das amigas:

— Estamos indo embora, vamos passar numa lanchonete e tomar um suco. Depois, eu vou para casa — anunciou.

— E eu? — perguntou Nina.

— Ah, o teu namorado te leva — respondeu Lívia com um sorriso, enquanto saía correndo, arrastando uma das amigas pelo braço.

Nina mostrou irritação de novo e ficou sem ação.

— Sim, eu posso te levar. Onde você mora? — prontificou-se Thomás.

Ainda não totalmente refeita, mas de certa forma já conformada com a situação, Nina voltou-se para ele:

— Você já se esqueceu daquele vulto ali na esquina?

De fato, Thomás já havia se esquecido. Mesmo sabendo, pelas palavras de Nina, que diante de Feliciano tudo era imprevisível, ele julgou que não iria correr riscos. E ela, com certa relutância, acabou concordando.

Embora Morro Grande fosse conhecida, famosa até, pelo seu clima quente, naquela noite a temperatura havia baixado bruscamente e uma brisa quase gelada acariciava as folhas das árvores. Quando saíram para a rua, Thomás quis fazer a gentileza de colocar a sua blusa de lã sobre os ombros de Nina, de onde ousou não retirar o braço. Ela ficou gelada, pois sabia que nada disso teria escapado aos olhos de Feliciano e podia pressentir — se é que não estivesse apenas imaginando — os seus passos logo atrás.

A distância até a casa de Nina não era muito longa, mas para ela transformou-se numa tortura interminável diante do que pudesse vir a acontecer. Numa esquina, a cerca de cinquenta metros da casa, Nina pediu para parar. Dali em diante seguiria sozinha, nem queria imaginar a possibilidade, embora remota, de chegar em casa acompanhada de um estranho e encontrar o pai na porta. Olhou para trás e pôde perceber o vulto do guarda-costas Feliciano, dissimulado atrás do tronco de um pé de manga.

Antes de se despedirem, Thomás permitiu-se uma nova ousadia: tomou o rosto de Nina entre as duas mãos e deu-lhe um beijo carinhoso, no qual os lábios mal se tocaram.

— Pelo amor de Deus, vá direto para o hotel, não fale com ninguém, nem olhe para trás. Quando eu chegar em casa, eu te ligo — ela disse, mostrando ansiedade, quase desespero.

O hotel de Thomás também não ficava distante. Ele fez o trajeto igualmente a pé e, ao entrar no quarto, percebeu que o telefone estava tocando. Era Nina:

— Você está bem?

VII

CARTAS MARCADAS

CÍCERO chegou a Mirante vindo de longe. Veio de Porto Alegre, onde havia acabado de se formar em economia. Embora jovem e sem experiência, conseguiu o cargo de responsável pela área financeira da Usina São Jerônimo, que produzia açúcar e álcool. Fez uma carreira muito rápida e logo assumiu também a área administrativa. Não tardou e ganhou uma participação, ainda que pequena, nos lucros da sociedade — o que lhe garantia um rendimento razoável.

O encontro com Catarina, no dia em que as alunas do colégio foram convidadas a fazer uma visita à usina, não durou mais do que alguns minutos. Mas, no dia seguinte, Cícero bateu na porta do pensionato em que ela morava: queria o consentimento de Madalena para namorar a jovem.

— E é com ela que vou me casar — antecipou-se, seco e direto.

Madalena assustou-se com o ímpeto do rapaz:

— Mas Catarina tem apenas dezesseis anos, não vai assumir nenhum tipo de compromisso enquanto não terminar os estudos — disse, na esperança de afastar o pretendente.

Era essa a missão que havia recebido e, também, imposto a si mesma. Era igualmente o argumento que seria usado diante de qualquer outro interessado. Inútil. Catarina também estava apaixonada. Eles passaram a arquitetar encontros às escondidas e, não muito tempo depois, a paixão descontrolada acabou por colocar a jovem diante de Madalena com uma revelação aterradora: estava grávida. Fez a revelação com lágrimas nos olhos, mas de uma forma tranquila:

— Ele é a pessoa que a vidente Salustiana previu fosse cruzar o meu caminho.

Madalena odiou ter que ligar para o coronel Aristides em Cachoeira do Oeste e admitir que havia falhado na missão de cuidar da menina. Dois dias depois, o coronel estava em Mirante. Colocou-se diante de Catarina, quis saber o nome do rapaz, soube que ele era quase dez anos mais velho do que ela e sentenciou:

— Você se casa imediatamente.

Virou-se para Madalena:

— Quanto a você, está dispensada.

— Mas coronel...

Ele não permitiu que ela pronunciasse qualquer outra palavra:

— Já disse que você está dispensada, pode arrumar as suas malas. De Catarina, eu mesmo cuido daqui em diante.

Cabisbaixa, Madalena caminhou para o quarto e começou a recolher as suas roupas. Catarina chegou pouco depois:

— Me desculpe, Madalena, a culpa é minha...

— Não se culpe, Catarina. Eu falhei, eu sou a culpada.

— Me sinto tão mal... Você foi mais do que uma mãe para mim... Não gostaria que as coisas terminassem dessa forma.

Madalena manteve-se calada, de cabeça baixa, ocupada em ajeitar as roupas. Catarina, num misto de quase desespero, colocou-se diante dela:

— Você vai ficar bem? Promete para mim que você vai ficar bem...

Madalena levantou os olhos, fez esforço para exibir algo que parecesse um sorriso, e ambas se atiraram num abraço que se alongou por algum tempo. Madalena afastou a cabeça de Catarina, alisou o seu rosto:

— Não se preocupe que eu vou ficar bem. E você? O que me preocupa é saber como você vai ficar.

Catarina voltou a jogar o rosto contra o peito de Madalena e ficou em silêncio. Por fim, Madalena tomou as suas mãos:

— Você gosta mesmo desse rapaz? Você acredita que ele vai te fazer feliz?

— Sim, Madalena, tenho certeza disso.

— Isso é o que importa, embora este momento me corte o coração. Você sempre me pareceu tão frágil... É isso que me preocupa. O que será da minha menina agora? Eu gostaria de estar sempre ao seu lado para cuidar de você...

E, antes que Catarina pudesse dizer qualquer coisa, balançou a cabeça quase com desalento:

— Catarina, não acredite apenas nesse mundo cor-de-rosa. Você descobrirá que precisará ser forte. E descobrirá que, às vezes, nem isso será suficiente — disse, apertando ainda mais as suas mãos.

Catarina começou a chorar. Madalena passou a mão pelo seu rosto, recolhendo as lágrimas:

— Lute, Catarina. Lute sempre pela sua felicidade. E lembre-se: não acredite que a gente deve simplesmente se conformar com o nosso destino; nós também fazemos o nosso destino. Ou, pelo menos, temos a obrigação de tentar.

VIII

CASAMENTO PRECOCE

O CORONEL Aristides chamou Cícero e comunicou que o casamento deveria realizar-se o mais breve possível. Cícero nem precisou de muito tempo para reunir o que era necessário e, menos de dois meses depois, os noivos entraram na capela do quartel do Comando Militar do Oeste, quase na zona rural de Mirante, para uma cerimônia que reuniu pouco mais do que uma dezena de pessoas, apenas parentes e pessoas mais próximas. Não houve festa.

Pouco antes de se despedir dos convidados e rumar de volta para Cachoeira do Oeste, a fim de retomar suas atividades militares, o coronel Aristides chamou Cícero novamente:

— Sei que você tem uma boa condição financeira, mas saiba que isso não basta para a minha filha. Eu quero que você a faça feliz. Se você torná-la infeliz saiba que eu vou te encontrar onde quer que você esteja.

Apesar de jamais ter sonhado com um casamento naquelas circunstâncias, naquele momento não havia nenhuma pessoa no mundo mais feliz do que Catarina.

ALGUM tempo depois do casamento, Cícero pediu demissão na usina, embora mantivesse a sua participação na sociedade da empresa, e decidiu montar um escritório em Morro Grande, onde seria o representante de uma multinacional do ramo de fertilizantes. Mudaram-se para lá. Foi em Morro Grande que Lívia nasceu. Pouco depois, Catarina engravidou de novo, nasceram os gêmeos Nina e Gabriel. E, com um pouco mais de diferença, veio Tales.

Nina, diziam, era a cara de Catarina. Pele morena, cabelos luzidios muito pretos, lábios bem definidos, até na fragilidade lembrava a mãe. Como ela, dependia de visitas constantes aos médicos e qualquer gripe era capaz de prendê-la por um bom período na cama. Talvez pela aparência, ou pela fragilidade, Nina sempre recebeu da mãe um carinho que ela não tinha condições de oferecer aos outros filhos. Ou talvez essa atenção resultasse de um pressentimento de que ambas poderiam ter um destino parecido.

Seis anos após o casamento, com a saúde já debilitada, Catarina começou a perceber que o marido não lhe dedicava o mesmo tratamento carinhoso dos primeiros tempos. Assim que se casaram, Cícero lhe trazia flores quase todos os dias, nos momentos mais delicados era capaz de permanecer ao seu lado, sempre com uma palavra de afeto, exibia um rosto preocupado pela situação da mulher frágil e dependente, procurava não deixar que nada lhe faltasse.

Costumava cobri-la de presentes. Certa vez, a pretexto de negócios, chegou a viajar para São Paulo apenas para lhe trazer um anel de brilhante, pois a aliança que lhe entregou no dia do casamento havia desaparecido misteriosamente. Talvez a mão, já sem o viço de épocas passadas, tivesse permitido que o anel escapasse do dedo anelar.

— Cícero, você não precisava fazer isso... — ela disse, enternecida.

— Você merece muito mais do que isso.

Nos últimos tempos, talvez merecesse mesmo, pois as palavras de carinho do marido haviam se tornado escassas, e o seu comportamento estava mudado. Catarina havia percebido que Cícero parecia dedicar mais atenção a Louise do que a ela.

IX

FUGINDO DE NAZISTAS

LOUISE era filha única, havia acabado de completar onze anos e morava com os pais em Cergy, nos arredores de Paris, quando os nazistas colocaram as suas botas na França. O pai, Henri, também filho único, havia herdado uma pequena metalúrgica e tocava o seu negócio sem muito entusiasmo, pois esse nunca havia sido o seu interesse. Quando pequeno, costumava visitar o sítio do avô, também nas proximidades de Paris, e era ali que se sentia bem. Gostava de animais, amava a natureza. Às vezes, escapulia sozinho para longas caminhadas, embrenhava-se pelas matas e montanhas e voltava somente quando a mãe já estava entrando em desespero.

Agora, com os nazistas pisando nos seus calcanhares e com a metalúrgica confiscada, ele havia chegado à conclusão de que era preciso procurar outro rumo para a sua vida e da família. Até porque não sabia por quanto tempo ainda iria conseguir disfarçar a sua origem judaica.

Numa noite de 1943, carregando três malas e todo o dinheiro que foi possível reunir, Henri, a mulher e Louise tomaram um trem até o porto de Le Havre, onde embarcaram num vapor que os despejou no Rio de Janeiro. Depois de uma passagem por São Paulo, chegaram a Morro Grande. Henri sabia que por ali as terras eram férteis, fartas e baratas. Talvez fosse a hora de reavivar os sonhos adormecidos dos tempos de menino.

Estabeleceu-se com uma pequena papelaria e, logo depois, comprou uma gleba de oitocentos hectares, uma monstruosidade para padrões europeus. Não ficava muito distante de Morro Grande, mas as condições de acesso eram difíceis. Grande parte da terra era constituída de mata fechada, nem mesmo havia estradas, que ele próprio se encarregou de abrir. Nunca reclamou, era com alegria que ia para a mata. Afinal, seus braços dispunham do vigor dos seus trinta e cinco anos e pela frente havia o sonho dos tempos em que se aventurava pelas matas do sítio do avô. Além disso, a natureza era deslumbrante. Incluía até uma cachoeira, onde se podia tomar banho nu nos dias de maior calor. Durante a semana tocava o seu negócio em Morro Grande, aos sábados ou domingos rumava para a mata. A estrada, ainda que precária, estava pronta e ele já havia lançado os alicerces da casa onde planejava morar futuramente, quando pretendia vender a papelaria e, mesmo sem experiência no ramo, passaria a viver apenas dos rendimentos da terra.

Num desses domingos, Henri não voltou para sua casa em Morro Grande. No dia seguinte seu corpo foi encontrado na beira da mata, sem vida, com uma das pernas pavorosamente inchada e enegrecida. Havia sido atacado por uma cobra venenosa. Sem habilidade para os negócios, a mulher assumiu o comando da papelaria e, diante dos tempos difíceis que se prenunciavam, Louise começou a dar aulas particulares de francês. Foi isso que a levou à casa de Cícero e Catarina. Ela seria professora de Lívia e Nina, embora as meninas ainda fossem muito pequenas para se ocupar de atividades fora da escola.

X

NEGOCIAÇÕES DIFÍCEIS

FORAM Thomás e Lucas Maranhão que levaram ao delegado Ribamar Rodrigues a informação de que os sequestradores estavam pedindo 10 milhões de cruzeiros pelo resgate de Licinho Carneiro. Para certificar-se, o delegado passou a mão no telefone e ligou para o pai do rapaz.

— Sim, é isso que eles estão exigindo. Mas não vou pagar, o que esses vagabundos vão receber é um tiro no meio da testa — respondeu o fazendeiro num tom meio ríspido, aparentemente insatisfeito com a forma como a polícia vinha conduzindo as investigações.

O que nem o delegado nem os dois repórteres sabiam é que já havia ocorrido uma negociação entre os sequestradores e o pai de Licinho. E que havia terminado de maneira trágica. Por telefone, os sequestradores passaram as instruções: os 10 milhões, em notas de pequeno valor, deveriam ser colocados dentro de um saco de juta e deixados num ponto marcado com uma cruz fictícia, nas proximidades do entroncamento das rodovias que levam a São Paulo e a Mirante. A polícia não deveria ser avisada. Assim foi feito. Como uma única diferença: no saco de juta, em vez de dinheiro, havia apenas folhas de jornal. Quando dois dos sequestradores apareceram para recolher o dinheiro, acabou ocorrendo uma troca de tiros e os capangas do fazendeiro fuzilaram os bandidos. Seus corpos foram jogados no rio Poti, onde as piranhas se encarregariam de consumir sua identidade e quaisquer possíveis indícios de prova.

O fazendeiro havia cometido um erro de cálculo: ele imaginava que no momento do pagamento do resgate, os sequestradores também devolveriam o seu filho. No ato todos eles seriam fuzilados e assim a justiça estaria feita. Só quando se deu conta do fracasso da operação é que admitiu passar a informação à polícia. Temia pelo pior. Com os dois repórteres ainda presentes na sala, o delegado Ribamar Rodrigues coçou a cabeça e também temeu pelo pior.

Mas o pior já havia acontecido. Licinho já estava morto. Levado para um matagal não muito distante da cidade e amarrado numa árvore, ele acabou executado com um tiro na cabeça provavelmente no primeiro dia do sequestro, conforme iria constatar depois o legista assim que o corpo foi encontrado.

Uma sequência de fatos inesperados levou a um rápido desfecho para o caso. Os sequestradores, aparentemente criminosos sem maior experiência, cometeram vários erros, deixaram inúmeras pistas e acabaram se vendo diante de uma fuzilaria num posto de gasolina na rodovia que leva à cidade de Três Lagos. Nenhum bandido escapou.

Esclarecido o crime, restava a Thomás voltar para São Paulo. Chamado às pressas para outro trabalho, ele partiu sem ao menos ter tempo de reencontrar Nina.

— Me ligue, me escreva. Eu não vou te esquecer — disse ele no último telefonema, antes de tomar o táxi rumo ao aeroporto.

Nina desligou o telefone não muito certa de que iria ligar ou escrever. Mas convencida de que aquele poderia ser o amor da sua vida.

XI

DECIFRAR A FELICIDADE

O CASAMENTO inesperado e a mudança para Morro Grande haviam impedido as visitas que Catarina gostaria de fazer à casa da vidente Salustiana. Mas com certa frequência a velhinha vinha visitá-la nos seus sonhos. Nessas ocasiões, ambas caminhavam de mãos dadas por uma planície sem fim coberta por um tapete de gerânios de várias cores.

— Catarina, você é feliz? — Salustiana perguntou um dia de forma inesperada.

Sem interromper os passos, Catarina fez um breve balanço da sua vida e concluiu que não poderia dizer que não. Estava casada com o homem que haveria de preencher os seus dias até o fim da sua vida, tinha quatro filhos maravilhosos. Ainda que a sua saúde e a de Nina trouxessem preocupação, seria egoísmo exigir algo mais. Afinal, muita gente tem muito menos e se sente feliz.

— Sim, Salustiana, eu sou feliz — respondeu.

A velhinha levou os olhos para um ponto distante e disse:

— Catarina, você está vendo este campo de gerânios, não é? Embora você não consiga ver até onde ele se estende, a gente sabe que em algum ponto tudo isto acaba. O que vem depois?

Catarina ficou intrigada e a vidente continuou:

— Depois vem uma floresta? Um deserto? Virão rios, pedras, penhascos? Nunca se sabe. O que se sabe é que todos nós devemos estar preparados para os dias em que as pétalas dos gerânios estarão no chão.

Catarina voltou-se para a anciã:

— A senhora fala de uma forma tão enigmática que, às vezes, até me assusta.

— Desculpa, querida. Eu tenho mesmo a mania de falar dessas coisas, me perdoe — disse e manteve-se calada por algum tempo, enquanto continuavam caminhando.

Mais adiante a própria Catarina retomou:

— Salustiana, me fale um pouco mais sobre a felicidade.

A vidente interrompeu os passos:

— Eu não deveria tocar nesse assunto, pois a felicidade é algo que eu mesma jamais consegui encontrar. Se falo dessas coisas com você é porque talvez esteja diante da filha que eu gostaria de ter. Mas nem isso eu consegui...

Catarina ficou sem palavras, continuou esperando que Salustiana prosseguisse:

— Uma filha como você talvez tivesse me levado a conhecer a felicidade. Posso até dizer que cheguei a vê-la bem de perto; a felicidade estava bem ali na minha frente. Mas as coisas nem sempre acontecem como a gente quer ou imagina. Talvez eu mesma tenha falhado. Até hoje me culpo por uma culpa que não sei se tenho...

Catarina percebeu que a sua pergunta havia conduzido a velhinha a algum porão que ela provavelmente não gostaria de visitar — e até se sentiu incomodada por isso. Não quis insistir no assunto, apenas manteve um olhar de curiosidade sobre o rosto de Salustiana. Talvez pressentindo o que Catarina pudesse estar pensando, a vidente foi além:

— O pior, minha filha, não é saber que o nosso futuro pode ser sombrio ou talvez nos leve a um caminho áspero ou cheio de pedras, onde as dores serão maiores do que as alegrias. O pior é saber que muitas vezes não temos forças para nos desviarmos desse caminho.

Continuaram caminhando em silêncio. Pouco além, Salustiana buscou o ar num suspiro profundo e voltou àquele que era o seu tema preferido, embora aparentemente a incomodasse:

— A felicidade, Catarina, é uma árvore que você planta e deve regá-la todos os dias para poder desfrutar da sua sombra. Ou melhor, são várias árvores, quanto mais você semeia mais sombra você terá. Mas não se esqueça: nem isso impedirá que algum dia um sol inclemente possa descer sobre a sua cabeça.

Catarina levou algum tempo para elaborar o sentido daquelas palavras, não mais do que o suficiente para Salustiana retomar:

— O grande problema, Catarina, é que ninguém parece estar preparado para enfrentar os mistérios da vida. Muitas vezes somos levadas por caminhos que nos espantam. Às vezes nem mesmo temos certeza de sermos os donos dos nossos passos. Muitas vezes nos sentimos perdidas. Talvez até mesmo vidas passadas, vidas daqueles que nos antecederam, tenham traçado trilhas pelas quais seremos obrigadas a caminhar.

Ao dizer isso, a vidente apanhou um gerânio e o desfez pétala por pétala — e elas voaram embaladas por uma leve brisa.

— Talvez a felicidade seja isso...

Catarina percebeu que a voz de Salustiana se distanciou, virou-se e viu a imagem da velhinha perder o foco e em pouco tempo esvair-se.

Quando acordou, ainda conseguiu reter a memória daquele momento: ofuscada por uma luz sobrenatural, ela, ainda criança, vestida com uma túnica branca, estava sozinha no meio da imensa planície, com dúzias de pétalas de gerânios espalhadas em torno dos seus pés.

XII

A ACOMPANHANTE

O QUE não se relatou até agora é que Catarina não embarcou sozinha na sua viagem rumo ao desconhecido. Esmeralda estava incumbida de acompanhá-la. Esmeralda era uma das irmãs de Cícero que morava em Boturama e que havia se transferido para Morro Grande assim que as condições de saúde de Catarina pioraram. Nos últimos tempos, era ela praticamente a responsável pela casa. Enquanto a mãe mal reunia condições de abandonar a cama, ela cuidava das crianças, acompanhava os pequenos em tudo, dava-lhes banho, escolhia as roupas que deveriam vestir, providenciava o lanche para a escola. Também arrumava a casa, lavava e passava as suas roupas, preparava as refeições, encarregava-se até das mamadeiras do pequeno Tales. Por mais falta que a mãe fizesse, de Esmeralda as crianças não tinham do que reclamar. Catarina também não, embora Esmeralda sempre a tratasse de uma forma meio distante.

Como ficariam agora as crianças sem a mãe e sem aquela a quem ora chamavam de tia, ora chamavam de avó?

— Louise cuidará de vocês — anunciou Cícero aos filhos.

DILIGENTE, Louise chegava bem cedo, a tempo de preparar as crianças para a escola e de levar Tales à creche. Somente ia embora no começo da noite, depois inclusive das aulas de francês, que nunca deixou de dar. Só não se poderia dizer que estava à altura de Esmeralda porque não era ela quem cuidava das refeições e das tarefas mais pesadas, estas entregues a uma empregada de origem indígena, a quem as crianças deram o nome de Dona Morena. Mas era surpreendente a forma como Louise desempenhava todas as suas funções, principalmente para uma menina que mal havia acabado de completar dezoito anos e que nunca havia trabalhado em sua vida.

Mais: Louise era bonita, tinha olhos claros, cabelos longos, claros também. Sempre foi uma menina alegre, mas, consciente do drama que as crianças estavam passando, nunca permitiu que seu comportamento extrovertido pudesse soar como algo desrespeitoso dentro daquela casa. Limitava-se a brincar com as meninas, quase como se fosse criança também, além de nunca permitir faltar a compota de goiaba que Nina adorava.

XIII

MORTE E MISTÉRIO

TRÊS rápidas batidas na porta anunciaram que o carteiro trazia um telegrama para Cícero: "Chegamos. Catarina está bem, mas chora o tempo todo. Amanhã inicia o tratamento".

A primeira palavra do telegrama enviado por Esmeralda, sem outras informações, indicava que Cícero sabia onde Catarina estava. E esse foi um segredo que ele não quis compartilhar com ninguém. Nem mesmo com os filhos, que foram informados apenas dos detalhes que ele julgava conveniente revelar à medida que outros telegramas foram chegando.

— Sua mãe está bem. Continua em tratamento e logo estará de volta para casa — quase sempre era isso que ele se limitava a dizer às crianças.

— Ela não está bem e não vai voltar, eu sei disso — rebelou-se Nina, um dia, entre lágrimas, surpreendendo a todos.

Sem palavras, Cícero retirou-se para o seu quarto.

Preocupada, Louise tratou de levá-la para um canto, esforçou-se para acalmá-la, enxugou suas lágrimas, fez-lhe carinho. É o que costumava fazer sempre que alguma criança entrava em desespero pela ausência da mãe. Tratava de distrair sua atenção com algum brinquedo ou outro assunto, inventava histórias. Missão difícil no caso de Nina, a mais inconformada de todos: ela preferia enfiar-se no seu quarto, onde o boneco Chico aplacava e ao mesmo tempo aumentava a sua dor.

A rotina dos telegramas, aos poucos, tornou-se menos frequente e, um dia, durante o jantar, Nina soltou o garfo sobre a mesa e resolveu enfrentar o pai questionando sobre a situação da mãe novamente:

— O senhor disse que a mamãe iria voltar logo para casa. Por que ela ainda não voltou?

Gabriel aproveitou:

— O que impede o senhor de dizer onde ela está?

E Lívia, animada pela ousadia dos irmãos, completou:

— Eu estou com muitas saudades. Quero ir até lá. Eu quero vê-la.

Cícero não tinha, ou não queria oferecer respostas. Procurou contemporizar mais uma vez:

—Entendam uma coisa: mais do que vocês, eu estou sentindo a falta dela. Mas, antes do Natal, eu garanto que ela chegará de volta.

O que chegou, exatamente na véspera do Natal, foi outro telegrama de Esmeralda. Nina lembra-se de que estavam todos reunidos na sala em volta de uma mesa com muita comida e algumas velas vermelhas, os pacotes de presentes ainda espalhados pelo chão, quando o pai entrou com o telegrama na mão. Com lágrimas nos olhos, anunciou que Catarina havia morrido.

Nina recorda-se apenas do desespero e do choro dos irmãos, nunca foi capaz de se lembrar da sua própria reação. Por mais que buscasse nos compartimentos da sua memória, jamais conseguiu recuperar as imagens daquele momento. Um enorme buraco negro parecia ter sido colocado à sua frente. Por vezes, como acontece até hoje, surgem alguns *flashes*, iguais relâmpagos, que iluminam lembranças desconectadas, muitas delas sem sentido. Nada lógico ou coerente. Era como se Nina, voluntária ou involuntariamente, desejasse apagar aquele pedaço da sua vida.

XIV

O GUARDA-COSTAS

FELICIANO tinha uma história que quase ninguém conhecia. Nem mesmo Cícero, que o livrou da cadeia e lhe deu emprego no escritório em Morro Grande. Vivia com o pai e a irmã, bem mais jovem do que ele, no interior da Paraíba numa cidadezinha tão insignificante que nem merecia aparecer no mapa. A mãe havia morrido vítima de uma infecção mal curada logo depois do nascimento da menina. Do pai, Feliciano pouco sabia. Diziam que era um pistoleiro profissional, mas jamais chegou a ouvir isso da sua boca, até porque o pai raramente lhe dedicava alguma palavra. Acreditava que os comentários até poderiam ser verdadeiros, pois sabia que o pai guardava num armário do seu quarto um revólver calibre 38 de cano reluzente, a quem oferecia mais carinho do que aos próprios filhos. Nos momentos de nada fazer, empenhava-se na tarefa de torná-lo mais reluzente ainda esfregando-o interminavelmente com um pedaço de flanela amarela. O certo é que costumava passar longas temporadas fora de casa e, quando retornava, era como se apenas tivesse ido ao boteco da esquina para comprar cigarros.

Mal tendo aprendido a escrever o próprio nome, Feliciano foi expulso da escola por conta de seguidos episódios de brigas e confusões. Não fazia a menor ideia de qual poderia ser o seu futuro. Se fosse verdade o que diziam a respeito do pai, talvez viesse a se tornar também um pistoleiro profissional — uma ideia que passou a considerar como seu possível caminho no dia em que completou dezoito anos de idade.

Foi exatamente nessa noite que se deu a tragédia: ao chegar em casa, de madrugada, encontrou o pai e a irmã assassinados. Sem lágrimas, buscou o pouco dinheiro que sabia estar guardado numa gaveta e o revólver calibre 38, que os assassinos nem se deram ao trabalho de procurar. Pegou uma carona até João Pessoa, onde o dinheiro logo acabou. Envolveu-se em brigas e pequenos furtos, matou uma pessoa e decidiu fugir sem rumo definido, de preferência para bem longe. Tomou um ônibus para São Paulo e, sem nenhum motivo específico, outro para Morro Grande. Chegou a procurar emprego, mas a baixa escolaridade não lhe permitiu avançar por nenhuma porta. Ficou perambulando uns tempos pela cidade.

O encontro com Cícero ocorreu por obra do acaso. Logo depois do casamento e de mudar-se para Morro Grande, Cícero deixava o escritório em direção à sua casa, quando viu estourar uma briga na porta de um bar envolvendo vários rapazes aparentemente alcoolizados. Cícero pôde perceber que um rapaz de camiseta vermelha, que caminhava à sua frente, acabou sendo levado involuntariamente para o meio da confusão. Atingido por um soco nas costas, reagiu com um empurrão no agressor, que caiu e bateu a cabeça no meio-fio. Aparentemente desacordado, acabou pisoteado pelos outros briguentos e viria a morrer no hospital para onde foi levado assim que o tumulto terminou. Todos presos, inclusive Feliciano, o rapaz de camiseta vermelha.

Foi a cor da camiseta que permitiu a Cícero identificar Feliciano na delegacia e atestar sua inocência ao delegado. Identificação também facilitada pelo gorro preto e desbotado que trazia enfiado até o seu resto de orelha esquerda, danificada numa de suas brigas antes de fugir de João Pessoa. Além da liberdade, Cícero garantiu-lhe também um emprego. Feliciano seria eternamente grato por tudo isso.

E jamais esqueceu as palavras de Cícero, quando ambos deixaram a delegacia:

— Não importa o que a sua vida foi até agora. Importa o que ela será daqui em diante.

Dali em diante, Feliciano iria ocupar-se dos pequenos ofícios no escritório, sem imaginar que provavelmente missões mais importantes poderiam estar reservadas no futuro.

ASSIM que se estabeleceu em Morro Grande, Cícero havia comprado uma área de mil e duzentos hectares de terras nas margens do rio Touro Morto, onde pretendia iniciar plantações de soja para experimentos de seus fertilizantes. Mas os compromissos com a multinacional mal permitiam que pudesse pôr os pés fora do escritório — assim as terras, ainda virgens, ficaram praticamente abandonadas, embora ele tivesse tomado a providência de colocar uma placa com seu nome na porteira de entrada. Quando alertado de que posseiros haviam invadido a sua propriedade, Cícero entregou a Feliciano a missão de resolver o problema.

Feliciano foi até o local, não disse uma única palavra e, com tiros nos calcanhares dos invasores, colocou-os em fuga. Ao mesmo tempo, pôs fogo na tapera rústica que eles haviam erguido e tratou de jogar no rio o que havia sobrado dos seus pertences.

— Missão cumprida, patrão — anunciou ao retornar a Morro Grande. — Foi uma pena o senhor não ter autorizado dar cabo de vez de todos eles.

Cícero sorriu:

— Feliciano, vou lhe ensinar uma das primeiras lições que aprendi quando aqui cheguei: não se deve desperdiçar chumbo com passarinhos.

XV

BUSCA DA VERDADE

CÍCERO tornara-se evangélico. Louise era católica. Não entraram em entendimento quanto à escolha da igreja para o casamento. Melhor assim, casaram-se apenas no civil. A cerimônia limitou-se à assinatura dos papéis e a duas taças de champanhe. Presentes duas irmãs de Cícero e a mãe de Louise. Um funcionário do próprio cartório também serviu de testemunha.

Mesmo contrariada, Lívia compareceu usando um vestido rosa de organza, ganho na véspera. Nina e Gabriel bateram o pé e decidiram que não iriam, Cícero não fez questão de insistir. Tales ainda era pequeno demais para entender o que estava acontecendo.

Não houve lua de mel, até porque Louise já estava morando na casa, embora utilizasse um quarto à parte, quase ao lado daquele que sempre fora ocupado por Catarina e Cícero. O casamento, realizado pouco mais de um ano depois da anunciada morte de Catarina, serviu apenas para permitir que Louise mudasse de quarto, oficializando uma situação da qual os parentes de Cícero já haviam tomado conhecimento, e não aprovavam.

NUM almoço de domingo, Gabriel pegou uma coxa de frango com as mãos, mas nem chegou a levá-la à boca. Louise interrompeu o gesto com uma reprimenda:

— O que é isso, Gabriel? Isso são modos de comer?

Gabriel atirou o pedaço de frango contra a parede, levantou-se da mesa com estardalhaço e saiu correndo em direção ao seu quarto. Nina e Lívia permaneceram caladas. Louise limitou-se a olhar para Cícero, que se levantou e foi atrás do filho.

— Volte para a sala e peça desculpas a Louise — ordenou.

— Não vou pedir — reagiu Gabriel.

— Escute bem. Eu não vou repetir. Volte para a sala e peça desculpas à sua mãe — insistiu Cícero.

Gabriel rangeu os dentes, acentuando palavra por palavra:

— Ela não é a minha mãe.

Cícero desferiu uma bofetada na boca do filho. O almoço daquele domingo estava arruinado.

EMBORA Nina fosse a mais inconformada, Gabriel era o mais rebelde e agressivo dos quatro irmãos. O sentimento de tristeza que havia experimentado com a perda da mãe havia se transformado em revolta com o passar do tempo e crescia cada vez mais à medida que não encontrava respostas para o mistério.

Um dia, em conversa com as irmãs, ele questionou:

— Por que nós não fomos ao enterro da mamãe? Por que o papai nem mesmo chegou a sair daqui de Morro Grande? Vocês acham isso possível? Por que o corpo dela não foi trazido para cá? Onde ela foi enterrada? Querem saber de uma coisa? Eu acho que ela está viva.

Essas perguntas Nina e Lívia já haviam feito entre si por diversas vezes, sem respostas. Elas, como Gabriel, tinham também outras dúvidas:

— Onde foi que ela morreu? Qual foi a doença que a matou?

Por meio de parentes haviam ouvido que Catarina teria sido levada para Campos Novos e que o seu problema seria uma tuberculose, inicialmente negligenciada. Mas nem isso chegou a ser comprovado para as crianças. Podia-se supor que sim, pois o clima de Campos Novos, incrustrada na região montanhosa entre os estados de São Paulo e Minas Gerais, era reconhecido como ideal para o tratamento desse tipo de doença, tanto que ali havia vários sanatórios. Mas a falta de respostas claras intrigava Gabriel. E ele começou a apresentar problemas na escola, de onde frequentemente vinham reclamações da diretora.

— Seu filho é muito rebelde, tem provocado brigas constantes com os colegas, temo que no próximo ano não vou poder renovar a matrícula dele — disse a diretora numa das vezes em que chamou Cícero à escola.

No meio das dúvidas que atormentavam a cabeça do pequeno Gabriel havia uma na qual Nina e Lívia ainda não haviam pensado. Pelo menos até o dia em que ele questionou:

— Onde está o atestado de óbito da mamãe?

Ante o olhar de surpresa das irmãs, ele voltou a uma frase que já havia dito a elas ("Acho que ela pode estar viva"), e repetiu:

— Onde está o atestado de óbito da mamãe?

Havia uma pessoa que poderia responder a essa pergunta.

— Onde está o atestado de óbito da mamãe? — foi com essas mesmas palavras que Nina surpreendeu o pai numa noite em que estavam todos reunidos na sala, diante da televisão.

— Você acha que tem o direito de questionar o seu pai dessa forma? — disse Louise, espantada com a ousadia da menina.

E dirigiu o olhar na direção de Cícero, à espera de uma atitude. Ele reagiu:

— Nina, você está sendo insolente. Vá para o seu quarto, nós vamos ter uma conversa séria sobre isso.

Nina saiu correndo e mergulhou a cabeça debaixo do travesseiro, chorando, agarrada ao boneco Chico. O pai chegou logo depois. Não elevou o tom da voz, mas foi duro:

— Nina, que tipo de educação você recebeu para agir dessa forma? Onde está o respeito que uma filha deve ao pai?

Nina retirou a cabeça debaixo do travesseiro e recorreu a um argumento que lhe ocorreu naquele momento, sem que nunca tivesse discutido isso com os irmãos:

— Papai, como o senhor pôde se casar com Louise sem o atestado de óbito da mamãe?

Cícero ameaçou desferir um tapa na filha. Recuou com o gesto já armado, mas, em vez de oferecer uma resposta, foi mais duro ainda:

— Eu não quero mais ouvir falar da morte da sua mãe aqui dentro desta casa, você entendeu? Veja bem: se vocês continuarem insistindo nesse assunto, eu dou um tiro na minha cabeça, e não duvidem disso — falou com a rispidez que não costumava usar com as crianças, por mais rígido que fosse com elas.

Desesperada, Nina atirou-se nos braços do pai:

— Desculpa, papai. Me perdoe.

Duas semanas depois, Cícero comunicou aos filhos que eles iriam morar com outra de suas irmãs, Matilde, a quem eles, às vezes, também chamavam de avó, em Boturama.

XVI

MAIS UMA MORTE

POR SER o mais novo de todos, Tales foi o único que ficou em Morro Grande e não acompanhou os irmãos quando eles se transferiram para Boturama. Cresceu isolado, tornou-se retraído. Mas gostava de ler e tirava boas notas na escola. Poucos sabiam o que ele pensava, a não ser Nina, a quem chamava de Maninha. Era com ela que tinha mais afinidade. Assim que ganhou o domínio das letras passou a escrever cartas para a irmã num ritmo alucinante. Em quase todas elas falava do seu sonho: queria ser astrônomo. Passava noites vasculhando o céu com uma luneta que havia recebido de presente da madrinha. Mas jamais tocou no assunto da morte da mãe, embora mantivesse uma foto dela na contracapa de um dos seus cadernos.

Esse assunto — o desaparecimento da mãe — era o tema que Nina e Gabriel remoíam quase todos os dias no seu exílio em Boturama. Já estavam com catorze anos, há quase dez sem saber dela. Ainda não conseguiam admitir o destino que lhe havia sido reservado. Lívia, quase dois anos mais velha, parecia mais conformada. Até porque havia conhecido seu primeiro namorado e com ele pretendia construir o seu futuro.

Lívia conheceu Johnny Loureiro na saída do Cine Planalto, em Morro Grande, num período de férias. Do encontro, na fila da sorveteria, depois de assistirem ao filme *Rio Amarelo,* veio uma longa conversa e daí o namoro, de uma forma natural, como se tudo aquilo estivesse programado para acontecer.

Johnny era o último dos seis filhos de uma família tradicional de Morro Grande. Estudava em São Paulo, queria seguir carreira em medicina, não tinha o menor interesse pelos negócios do pai, nem pelo seu dinheiro.

Isaltino Loureiro, o pai, era bastante conhecido na cidade. Tinha duas fazendas em Morro Grande e mais duas no norte do estado. Criava gado nelore em um número que ninguém — talvez nem ele mesmo — fosse capaz de precisar com exatidão. Embora já possuísse uma fortuna incalculável, costumava ampliar as suas posses com a compra de terras de pequenos proprietários endividados. Dizia-se também, embora sem comprovação, que havia montado o seu império apossando-se de propriedades de posseiros vizinhos que não dispunham de documentação de suas áreas. O certo era que se tratava de um dos homens mais poderosos de Morro Grande, ainda que jamais tivesse se envolvido em política.

Lívia havia concluído os estudos do nível colegial em Boturama e estava de volta a Morro Grande, junto com Nina e Gabriel. Não havia ainda decidido o seu futuro, embora às vezes falasse sem muita convicção que iria tomar o rumo da advocacia. Naqueles dias não era isso que ocupava as suas preocupações; preocupava-se em saber como iria apresentar o namorado ao pai, sempre rigoroso com as filhas. Cícero jamais havia consentido qualquer namoro para Lívia ou para Nina. Esse era um assunto proibido em casa.

O que para Lívia parecia merecer uma estratégia complicada, Nina resolveu com um raciocínio prático:

— Simplesmente diga que ele é seu namorado, e pronto.

Lívia pediu a Johnny que soltasse a sua mão e chegou trêmula diante do pai; então, disse as palavras que jamais imaginou fosse capaz de dizer:

— Papai, este é o Johnny. Ele é meu namorado.

Antes que Cícero pudesse falar qualquer coisa, Johnny surpreendeu a todos. Tirou do bolso uma caixinha de veludo azul, onde havia um anel de pérola, antiga joia da avó, já falecida. Retirou o anel, entregou-o a Lívia e dirigiu-se ao pai:

— Não quero apenas pedir o seu consentimento para namorá-la, eu gostaria de pedir a Lívia em casamento. Se o senhor consentir, amanhã mesmo trago as alianças.

Lívia estremeceu e imaginou que não iria ter forças para manter-se viva no próximo segundo. Sem permitir revelar o que estava sentindo naquele momento, Cícero voltou-se para Lívia:

— É isso o que você quer, minha filha?

Ainda não refeita do susto, Lívia tropeçou nas palavras:

— Sim, papai... Sim... É isso o que eu mais quero...

Meses depois, com o casamento marcado, Cícero ordenou que Louise acompanhasse Lívia na viagem a São Paulo para as últimas compras do enxoval já quase pronto. Lívia fez questão de que Nina a acompanhasse. Queria que a irmã a ajudasse nas escolhas, queria também dividir com ela aquela alegria.

Quando elas chegaram de volta a Morro Grande, uma semana depois, a notícia de uma tragédia as esperava assim que entraram em casa: Johnny havia sido assassinado. Seu corpo foi encontrado junta à porteira de entrada de uma das fazendas do pai, com quatro tiros no peito. O assassinato havia ocorrido três dias antes. Cícero nem teve coragem de dar a notícia antes que elas estivessem de volta a Morro Grande.

A notícia deixou Lívia paralisada. Sua face empalideceu, um véu de rigidez desceu sobre o seu rosto, percebeu-se apenas um leve tremor nos lábios embranquecidos e ela desabou sem dizer uma única palavra. Refugiou-se no seu quarto e ali permaneceu trancada, sem falar com ninguém, nem mesmo com Nina, com quem costumava dividir todos os segredos.

No quinto dia foi encontrada na banheira com o pulso cortado, quase à beira da morte, as últimas peças do enxoval espalhadas sobre a cama. Levada às pressas para o hospital, permaneceu mais cinco dias sem falar com ninguém, entregue a uma ausência total.

Quando recebeu alta e o pai foi buscá-la no hospital, ela finalmente conseguiu articular algumas palavras:

– Por quê, papai? Por quê?

Cícero não foi capaz de dizer nada. Apenas tomou as mãos da filha, alisou os seus cabelos e a trouxe para junto do seu peito, num gesto de compartilhamento de dor.

ALGUM tempo depois, um desconhecido foi encontrado morto no mesmo local em que Johnny havia sido assassinado. Também havia recebido quatro tiros. Um crime com as características de assassinato encomendado, um sinal de vingança. Mais um caso igual à centena de outros crimes que se acumulavam nas prateleiras da delegacia de Morro Grande e que, como os demais, deveria permanecer sem solução.

Mas testemunhas relataram terem visto o capanga Feliciano pelas proximidades do local do crime. Estava montado num cavalo e vestia uma capa cinza de chuva e frio, embora naquele dia fizesse sol. Um sol intenso e brilhante. Como intensos e brilhantes costumavam ser os dias de sol em Morro Grande.

XVII

VELHA AMIZADE

O ENCONTRO com Isabel foi uma festa. Nina não a via há pelo menos dois anos. Eram amigas desde os primeiros tempos de escola. Isabel havia se casado, estava morando no Rio de Janeiro. Viera a Morro Grande apenas para tratar de alguns assuntos relacionados à herança da família. Transbordando felicidade, Nina contou que estava noiva, iria se casar dentro de cinco meses, fazia questão que a amiga estivesse presente.

Foram para uma lanchonete, pediram um refrigerante e se atropelaram contando as novidades. Relembraram casos dos tempos em que estudavam juntas, as antigas colegas, professoras... Riram muito.

— E filhos? — Nina quis saber.

Pela primeira vez, Isabel permitiu que algum traço de tristeza passeasse pelo seu rosto:

— Talvez venham daqui alguns tempos — respondeu.

Depois, revelou que os tratamentos para engravidar já haviam falhado duas vezes, mas que não iria desistir. Não havia segredos entre elas. Até porque partilhavam quase as mesmas dores: pouco antes de completar oito anos, Isabel havia perdido os pais, quando o pequeno avião monomotor em que ambos viajavam espatifou-se num pouso forçado nas proximidades do rio Formoso. Foi criada por uma avó, que ainda vivia em Morro Grande.

Quando ainda eram adolescentes, compraram juntas o que chamavam de "Álbum da Amizade" e combinaram que cada uma seria a primeira a escrever no livro da outra. Alegre e extrovertida, como sempre havia sido, Isabel escreveu estas palavras, não se sabe se tiradas de algum livro ou da própria cabeça:

"Se um dia te prometerem ouro ou dinheiro, recuse
(não será isso que te fará feliz);
Se um dia o seu coração pedir que chore, ria
(e orgulhe-se de ser quem você é);
Se um dia você se sentir incapaz, duvide
(todos nós somos mais do que imaginamos);
Se um dia a razão te indicar que só existe um caminho, busque outros
(e saiba que eles existem);
Se um dia alguém te oferecer amor (sincero), agarre-o".

Nina devolveu o álbum de Isabel com a seguinte mensagem:

"Que sentido faz a vida
Se partiu quem eu mais amo
Por quê, Deus, essa ferida
E o silêncio quando chamo?".

XVIII

SENHORA DE VERMELHO

O TELEFONE tocou e Gabriel, que estava por perto, atendeu.

— Meu nome é Glória — disse a pessoa do outro lado da linha, depois de saber com quem estava falando. — Acho que deveríamos conversar.

Glória. Esse nome não poderia soar estranho para Gabriel. Ele se lembrava de quando o ouvira pela primeira vez. Ainda estava estudando em Boturama, quando flagrou uma conversa entre Esmeralda e Matilde na sala. Percebeu que ambas haviam citado o nome de Catarina e permaneceu na espreita sem ser notado. A distância não era favorável e não permitia ouvir tudo com suficiente clareza.

— A Glória não poderia ter feito isso. Não era isso que estava combinado.

Foi essa a única frase, saída da boca de Esmeralda, que Gabriel pôde ouvir com nitidez — e resolveu não esquecer.

Talvez Glória fosse essa pessoa que agora estava do outro lado da linha.

— Sim, podemos conversar... O que a senhora tem a dizer? — balbuciou já trêmulo e ansioso pelo que poderia ouvir.

— O que eu posso te dizer não gostaria de falar por telefone. Podemos marcar um encontro, se você quiser.

— Sim. Podemos marcar. Onde e quando?

— Hoje mesmo. Tem que ser hoje, pois estou apenas de passagem pela cidade.

Marcaram o encontro para o começo da tarde, na praça em frente à Igreja São José, a mesma em que Nina iria se casar algum tempo depois. Glória desligou o telefone informando que seria fácil identificá-la: ela estaria vestida com um conjunto vermelho e com uma bolsa bege nas mãos.

Gabriel não pôde dividir o assunto com ninguém, as irmãs não estavam em casa. Algo lhe dizia que, finalmente, o mistério da morte da mãe estava para ser desvendado. Sentindo o descompasso da própria respiração, saiu imediatamente e foi até a praça, embora ainda faltasse mais de uma hora para o encontro. Sem conseguir controlar os nervos, começou a andar sem rumo. Entrou num bar e pediu um conhaque. Estava proibido de tomar bebida alcoólica desde que beirou a morte numa complicada operação de apendicite, algum tempo atrás. Na terceira dose de conhaque, ele se lembrou da história que já havia repetido mais de uma vez às irmãs: estava sozinho na cama do hospital, após a cirurgia, quando uma senhora entrou no quarto; ainda sob os efeitos da anestesia, ele não conseguiu visualizar perfeitamente as suas feições, mas pareceu-lhe um rosto familiar; vestida modestamente, embora com certo aprumo, a senhora aproximou-se, alisou seus cabelos:

— Você está bem, meu filho?

Depois ajeitou o cobertor do leito, permaneceu pouco tempo.

— Fique com Deus — disse, antes de se retirar com o esboço de um sorriso que Gabriel jamais foi capaz de descrever ou de identificar no rosto de qualquer outra pessoa.

Foi um sonho? Alucinação? Teria sido apenas uma enfermeira? Gabriel nunca soube dizer.

Quando a garrafa de conhaque estava praticamente vazia, o próprio dono do bar tomou a iniciativa:

— É melhor você ir para casa, rapaz.

Gabriel precisou de algum esforço para levantar a cabeça; pagou a bebida e caminhou com passos incertos até a praça. Dirigiu o seu olhar para um banco onde viu uma senhora trajando um conjunto vermelho. Titubeou porque as pernas pareciam incapazes de conduzi-lo, e até mesmo de sustentá-lo. Recorreu às forças que lhe restavam e aproximou-se. Percebeu então que não havia ninguém no banco.

Já era noite.

XIX

ATI-KAÁ E ONIPORÃ

DONA MORENA tinha a sua história e outras histórias para contar. Filha de um pajé da tribo dos kaiabis, ao nascer recebeu o nome de Pitiá, mas viu seu povo ser praticamente dizimado quando garimpeiros e aventureiros avançaram sobre as suas terras, trazendo as doenças e o alcoolismo. Sem a ninguém para recorrer, acabou em Porto Velho aos dezessete anos. Em Porto Velho deslumbrou-se com as luzes, mas conheceu o abandono, até ser atraída por um caminhoneiro com quem viveu a vida que não estava destinada a ela. A aventura chegou ao fim ao ser abandonada em Morro Grande. Foram Catarina e Cícero, recém-casados, que lhe deram abrigo e a missão de cuidar de Lívia, que ainda não havia completado um ano de idade.

O amor que não pôde destinar a ninguém entregou à pequena Lívia e a Nina, Gabriel e Tales, que foram nascendo em seguida. E também a Catarina, a quem oferecia momentos de sobrevida com seus chás milagrosos e suas pajelanças, quando vestia o *tupãy piki* e agitava um chocalho em forma de cone, relembrando o ritual do *marakã.*

Após o jantar, Nina costumava procurar o seu colo para ouvir as suas histórias.

"Era uma vez dois pequenos indiozinhos. Ela chamava-se Ati-kaá; ele, Oniporã. Desde crianças viviam felizes na aldeia dos kaiabis no meio da floresta. Juntos eles corriam pela aldeia, juntos brincavam com os bichos, juntos subiam nas árvores, juntos iam nadar no rio. Um dia, Oniporã saiu para caçar com o pai e, quando voltou, trouxe duas sementes de *icy-noá* de presente para Ati-kaá. E lhe disse:

— Você deve começar a fazer um colar com essas sementes. Quando elas completarem toda a volta do seu pescoço, nós vamos nos casar.

Oniporã conhecia apenas três pés de *icy-noá* em toda a floresta. Ficavam distantes da aldeia e, a cada florada, cada árvore fazia germinar apenas uma fruta. Em cada fruta havia apenas duas sementes, que deveriam ser colhidas no mesmo dia em que caíssem no solo, pois só assim elas teriam o poder de espantar os maus espíritos.

Foram necessárias muitas luas e muitas idas de Oniporã à floresta para que Ati-kaá conseguisse completar o colar. Nesse dia eles se casaram, durante a festa do *Jawotsi*. Ela exibia seu colar de um vermelho reluzente e um sorriso de grande felicidade no rosto.

Mas, no dia seguinte, Oniporã precisou partir para a guerra, pois tribos inimigas ameaçavam a aldeia. Ati-kaá acompanhou-o até a beira do rio e o viu partir, junto com os demais guerreiros, num barco feito de tronco de árvore que ele mesmo havia construído.

Sem notícias, Ati-kaá passava as noites acariciando as sementes do seu colar, à espera da volta de Oniporã. Eis que, um dia, formou-se um grande alvoroço na aldeia: era a notícia da volta dos guerreiros. Todos correram para a beira do rio. Muitos guerreiros haviam partido. Poucos estavam retornando. Oniporã não voltou.

Desesperada, Ati-kaá atirou-se na areia e se debateu até que o seu colar se rompeu e as sementes se espalharam pelo solo. Molhadas pelas lágrimas de Ati-kaá, as sementes — por ordem do deus Tupã — transformaram-se em diamantes.

Raras eram as sementes de *icy-noá* na floresta. Por isso, raros são os diamantes, até hoje".

Nina insistia para que Dona Morena repetisse essa história na esperança de que algum dia ela tivesse um final feliz. Não havia final feliz, pois a sorte de Ati-kaá e de Oniporã nunca mudou. Como não mudou a sorte de Dona Morena. Nem a de Nina.

Um dia, depois de ouvi-la mais uma vez, enquanto Dona Morena enredava os dedos nos seus cabelos, Nina perguntou:

— A senhora não tem vontade de voltar para lá?

Dona Morena suspirou:

— O que era a terra do meu povo não existe mais.

— Que bom — disse Nina na inocência dos seus seis anos. — Assim a senhora fica com a gente.

Pouco depois do desaparecimento de Catarina, Dona Morena havia procurado Cícero para dizer que iria embora.

— Não! Não vá! Agora, mais que nunca, as crianças precisam de você. Por favor, fique! — ele implorou.

Dona Morena ficou. Ficou até o dia do casamento de Nina. Na saída da igreja, ela aproximou-se com um sorriso que mostrava mais tristeza do que alegria, deu-lhe um abraço que gostaria durasse para sempre, disse uma frase em kaiabi e nunca mais foi vista.

Certa vez passei numa floricultura e a florista — uma senhora com o olhar de uma adorável avozinha — não me deixou escolher o que eu deveria levar.

Olhou-me fundo nos meus olhos e disse:

— Você parece cansada. Sente-se aqui.

Ofereceu-me um copo de água, pediu à filha que atendesse os outros clientes e sentou-se ao meu lado.

— Além de cansada, você parece triste — disse.

Talvez estivesse mesmo. Mais triste do que cansada. Mas eu nunca tinha visto aquela senhora, não sabia se deveria dividir com ela as minhas dúvidas e dores. São raras as vezes em que a gente pode falar daquilo que está nos machucando. São raras as vezes em que a gente encontra alguém com disponibilidade para nos ouvir. Mas eu não a conhecia.

Mesmo percebendo o meu ar reticente, ela insistiu.

Começou falando dela — disso eu me lembro. Sei que conversamos por longo tempo, mas quase não me lembro de tudo que ela me disse, nem do que eu disse a ela.

Nas suas mãos enrugadas percebi o desfilar de muitas lutas. Na sua voz calma e pausada percebi o remanso de sabedorias. Percebi extrema bondade nas suas palavras. A cada frase ou ensinamento, crescia a minha vontade de abraçá-la, embora eu nem mesmo a conhecesse.

Num determinado momento, a filha a interrompeu com alguma pergunta ou dúvida. Com um gesto, indicou que resolvesse por si — naquele momento havia coisas mais importantes de que ela queria se ocupar.

Senti-me incomodada e fiz menção de me levantar. Ela colocou as mãos sobre os meus joelhos, mostrando que eu ficasse. Percebeu que havia algo de ansiedade, ou coisa parecida, no meu olhar. Então disse:

— O seu rosto está marcado, muito marcado. Mas você ainda é jovem. Todo jovem tem o seu tempo pela frente. Faça a

sua vida merecer o tempo que você ainda tem. E, quando estiver chegando ao fim da vida, você vai perceber que tudo, tudo mesmo, valeu a pena. Inclusive as suas dores.

Lamento que a minha memória não me leve de novo a tudo que ela me disse naquele encontro. Certamente coisas que eu gostaria de ouvir, coisas que certamente faziam bem à minha alma.

Quando julguei que já havia tomado do seu tempo mais do que deveria, levantei-me. Ela também.

Havia flores de todos os tipos. Rosas lindas, brancas e vermelhas. Gerânios e girassóis. Lírios e crisântemos. Bétulas, bromélias e jasmins... Gerânios, muitos gerânios...

Caminhei alguns passos para decidir o que iria escolher e, quando me virei, ela trazia nas mãos um vaso de orquídeas. Brancas, exuberantes.

— Esta é a flor que você vai levar. Ela vai te fazer mais feliz — disse.

Agradeci e perguntei o seu nome.

— Violeta — ela respondeu.

Sua imagem por longo tempo ficou na minha memória. Aliás, até hoje aqui permanece.

Tempos depois, quando me senti triste outra vez, voltei à floricultura. Não encontrei nenhuma delas. Nem a filha, nem a senhora que havia trazido um pouco de bálsamo para a minha alma.

Diante da minha pergunta, o senhor que me atendeu disse:

— Não, aqui nunca houve ninguém que se chamasse Violeta.

XX

UMA NOVA VIDA

ISABEL veio do Rio de Janeiro especialmente para cuidar da decoração da igreja. Nina só fez uma exigência: em vez de rosas ou qualquer outra flor, queria apenas orquídeas na decoração. Pediu apenas orquídeas brancas, com as quais Isabel inundou o altar e a nave central.

Quando os primeiros acordes de Ave Maria de Gounod fluíram ecoando pelas paredes da igreja, Nina surgiu com seu vestido branco de uma simplicidade desconcertante, gola alta, nenhuma renda, nenhum adorno, nenhum brilho. Nas mãos, um pequeno buquê de flores silvestres e o terço de madeira que havia pertencido à sua mãe. No rosto, um sorriso quase escondido.

Antes de iniciar a caminhada rumo ao altar, buscou nos dois lados da igreja um rosto que lhe parecesse conhecido. Tinha certeza de que, se a mãe estivesse viva, estaria ali naquele momento. Na noite anterior havia sonhado com ela, coisa que não era comum acontecer. Embora sempre presente nos seus pensamentos, a mãe não costumava visitá-la nos seus sonhos. E isso era algo que até a intrigava. Na noite anterior, porém, Catarina havia aparecido. O cabelo estava grisalho, algumas rugas haviam se instalado na sua face. Mas continuava linda, como sempre. Não lhe disse nenhuma palavra. Apenas sorriu. Estavam num imenso campo cercadas por gerânios coloridos. Quando Nina correu para abraçá-la, a mãe desapareceu. Nina acordou certa de que aquilo não poderia ser apenas um sonho. Convenceu-se de que ela estaria na igreja. Em algum lugar certamente ela estaria, ainda que disfarçada.

Enquanto permanecia em pé na entrada da igreja, buscou aquela imagem que havia aparecido no sonho, não encontrou. "Talvez ela me espere lá fora, na saída", pensou.

Não mais de quinze metros a separavam do altar, mas chegou a duvidar que fosse capaz de encontrar forças para fazer a caminhada. Permaneceu imóvel por instantes. Depois, arfou o peito para buscar o ar e deu os primeiros passos trêmulos. Sozinha.

Thomás a recebeu com um beijo na testa e percebeu que ela iria desmoronar a qualquer momento. Segurou firmemente nas suas mãos e sussurrou algo no seu ouvido.

A música cessou.

— Os desígnios de Deus são insondáveis. Que mistérios colocaram esses dois jovens aqui diante do altar para celebrar a sua união na presença de Deus? Que mistérios eles já viveram? Que mistérios ainda irão viver? O certo é que, neste mundo, nem mesmo uma única folha ganha os ares ou troca de lugar sem que seja pela vontade de Deus. Deus fez estes jovens, Nina e Thomás, se encontrarem aqui neste momento. Foi Deus que os colocou frente a frente para que as suas vidas se unissem. E Deus cuidará de suas vidas. Acreditem nisso, meus filhos, confiem em Deus, sempre tenham Deus no seu coração, e sejam felizes — disse o padre Giuseppe com seu sotaque italiano.

Nina virou-se para deixar o altar e, mais uma vez, estendeu o seu olhar à procura de um rosto conhecido nos dois lados da igreja. Novamente não encontrou. Apoiou-se no braço do marido e desceu os degraus do altar.

Lá fora, um sol esplendoroso de meio-dia ofuscou os seus olhos e ela acreditou ter visto alguém que se afastava. Procurou firmar a vista, mas a mulher — sim, era uma mulher — já havia desaparecido.

O mistério, as dúvidas e as suas dores iriam continuar.

NO AEROPORTO, quando soou o aviso de embarque, o casal viu-se diante de um senhor vestido humildemente e um olhar que talvez denotasse embates consigo próprio. Com passos indecisos, como se pedisse desculpas pela interrupção, ele aproximou-se:

— Dona Nina, espero que a senhora seja muito feliz.

E entregou-lhe uma Bíblia usada.

Era Feliciano.

JÁ NO AVIÃO, com a cabeça recostada na janela, Nina não se preocupava em disfarçar as lágrimas que banhavam o seu rosto, quase como naquela tarde em que caminhava debaixo de chuva na direção da estação de trem em busca da mãe. O avião, subindo em direção às alturas, representava mais do que uma simples partida. Naquele momento, ela entendeu que, se quisesse ser feliz, precisaria despedir-se do seu passado e iniciar uma nova caminhada. Lançou o olhar para o meio das nuvens, enquanto Thomás permanecia calado ao seu lado. Ele tomou as suas mãos, quis dizer alguma coisa, mas as palavras não o socorreram. Thomás sabia que Nina jamais havia chegado às respostas que buscou por todo o tempo. Sabia que muitas das alegrias que deveria ter experimentado haviam se perdido pelo caminho, e nunca foram encontradas. Sabia, enfim, que o passado havia sido cruel para ela. Limitou-se a apertar ainda mais as suas mãos e assumiu consigo mesmo o compromisso de fazê-la feliz, a que preço fosse. Porém, em algum lugar parecia estar escrito que, mesmo iniciada a nova caminhada, o destino continuaria sendo cruel para Nina.

Quando ela, finalmente, voltou o rosto para o marido trazia um sorriso incapaz de encobrir as dores já vividas.

TALVEZ eu já tenha relatado que recebi uma criação cristã. A minha religiosidade me levou à descoberta da fé. Descobri que a fé não é algo que se procura até se encontrar. Não é algo que se busca nos livros, nem na escola, ou mesmo dentro de casa. A fé, um dia, simplesmente floresce no nosso coração. Não sei quando a fé floresceu dentro de mim. Sei que a fé me levou a Deus.

Mas o Deus que descobri não é um Deus exclusivo, só meu. Um Deus particular que só exista no meu coração e que seja capaz de me ouvir e de aliviar as minhas angústias. Não quero, nem mereço, um Deus assim. Mas o meu Deus talvez não seja igual ao de tanta gente. O Deus que vejo não nos colocou aqui simplesmente para que possamos adorá-lo. Nem para que aceitemos todas as nossas dores. Que Deus seria esse? Um Deus tão frágil e torto como nós? Não, esse não é o meu Deus.

Quando lanço os olhos para trás e vejo uma garotinha agarrada à sua mãe, assombrada pelo desespero da hora da partida, pergunto: Deus quis isso? Se ouso imaginar as dores que aquele momento e o distanciamento iriam impor àquela mãe para o resto dos seus dias, pergunto de novo: Deus quis isso? Poderia repetir a mesma pergunta — e não nego que fiz isso — a cada tragédia que marcou a minha vida.

A fé me diz que eu não devo fazer essas perguntas. A razão me diz que tenho o direito de fazê-las. Não quero me desfazer da minha fé, nem da razão. Se a fé deve estar acima da razão, que Deus me perdoe. Afinal, a fé me ensinou que foi Deus quem me entregou a razão.

XXI

DESMAIOS E AUSÊNCIAS

BENEDITA percebeu que algo não estava bem com Nina. Sempre depois do almoço ela costumava dirigir-se ao seu ateliê, montado na garagem da casa, pois havia descoberto certa habilidade em esculpir peças de gesso. Naquele dia, não. Ela disse que iria descansar um pouco. Deitou-se.

Logo depois, a fiel empregada foi atrás dela:

— A senhora está bem?

— Sim, Benedita, estou apenas com um pouco de dor de cabeça, meio indisposta. Vou descansar alguns minutos e já desço.

Benedita voltou aos seus afazeres. Algum tempo depois, ouviu barulho no quarto.

— Tudo bem aí? — gritou.

Não ouviu resposta. Resolveu subir e encontrou Nina caída no chão.

— Meu Deus, o que foi? — desesperou-se.

— Não é nada, não — disse Nina, enquanto se levantava meio cambaleante. — Foi apenas uma tontura.

Benedita passou a mão no telefone para ligar para Thomás. Nina não permitiu:

— Vou voltar para a cama e descansar mais um pouco. Não se preocupe, está tudo bem.

Não se tratava apenas de uma tontura ou uma leve indisposição. Os episódios de desmaio eram frequentes na vida de Nina desde o dia em que ela viu a mãe tomar aquele trem.

Benedita, que já havia presenciado alguns desses episódios, deixou todos os afazeres de lado e decidiu permanecer ao seu lado. Cada vez mais preocupada, principalmente porque desta vez os sintomas pareciam diferentes: Nina começou a ficar agitada, passou a falar palavras isoladas sem sentido, frases desconexas, parecia mergulhar num mundo de ausências. Perguntou pela mãe, depois pelo marido.

— Ele está na rua a serviço. Quando voltar, dou o recado — foi o que Benedita ouviu ao ligar para a redação da revista atrás de Thomás.

— Rafael... Joanna...

Os nomes dos filhos estavam no meio das palavras e frases desconexas que Nina passou a balbuciar com frequência cada vez maior. Isso levou Benedita a se dar conta de que estava diante de um problema que não teria como resolver. Já era quase final de tarde e alguém precisaria buscar as crianças na escola, tarefa que Nina cumpria todos os dias. A solução do problema poderia estar em outro nome que Nina havia pronunciado em algum momento:

— Lorena...

Lorena era uma das melhores amigas de Nina, morava na mesma rua, quatro casas abaixo. Benedita arriscou deixar Nina sozinha por alguns instantes e correu até a casa da amiga.

Lorena havia estudado medicina; pouco antes de iniciar o período de residência no Hospital de Clínicas decidiu interromper os estudos, e também uma carreira de modelo, para se casar. Ela chegou rapidamente, fez um exame superficial e, sem nada dizer, pareceu preocupada. Saiu para buscar as crianças na escola, deu alguma desculpa para elas e as deixou na sua própria casa, brincando com os seus filhos, também um casal, quase com as mesmas idades.

Voltou para ver Nina. Ela parecia dormir, ainda que, às vezes, agitada.

— Eu fiz um chá, mas ela praticamente não tomou — contou Benedita.

Lorena perguntou por Thomás.

— Não consegui falar com ele, já deixei recado duas vezes — respondeu Benedita, com um olhar de apreensão.

Desconfiada de que poderia se tratar de um acidente vascular cerebral, Lorena decidiu que iria levá-la para um hospital. Mas, antes, fez um último pedido a Benedita:

— Tente mais uma vez localizar o Thomás.

Antes que a empregada tirasse o telefone do gancho, Thomás chegou. Nesse momento, Nina ainda dormia, depois de passar um longo tempo com os olhos colocados em algum ponto indefinido, aparentemente sem nada enxergar.

Lorena chamou Thomás num canto:

— É muito estranho o que está acontecendo com ela. Não sei do que se trata, mas parece ser um AVC. O certo é que ela precisa de um médico, urgente.

Ainda conversavam, quando Benedita interrompeu para dizer que Nina estava acordando.

Quando Thomás entrou no quarto, Nina passou a mão sobre os olhos, como que para certificar-se do que estava enxergando:

— Papai?... Quando você chegou?

EU GOSTARIA de ainda ter a capacidade de desenvolver um raciocínio lógico, que me permitisse pelo menos alinhar os acontecimentos da minha vida dentro de uma sequência que não parecesse tão confusa e sem sentido. Uma sequência minimamente cronológica. Assim, seria mais fácil contar para as pessoas o que foi a minha vida, se alguém tivesse interesse em conhecer a minha história. Mas já disse — e acho que não exagero em repetir — que as coisas se atropelam em minha mente e eu não me sinto capaz de colocá-las em ordem.

Fatos que aconteceram ontem repousam ao lado de lembranças que vou buscar lá atrás. Algumas dessas lembranças não passam de faíscas ou centelhas fugazes que se escondem em algum canto e me desafiam a explicá-las. Ou até mesmo a encontrá-las. Às vezes, também tenho a impressão de que algumas dessas lembranças surgem na minha mente apenas para que eu possa repassar a alguém. E assim elas possam ser esquecidas.

Na última noite, por exemplo, — ou isso teria acontecido em algum outro dia? — eu estava diante de um velhinho, que me perguntou:

— Quantos anos você tem?

— Tenho 33, acho.

— Quem bom. Nessa idade nada ainda aconteceu, tudo está para acontecer.

Lembrei-me de que já havia ouvido algo parecido e não duvidei da sabedoria dele. Mas não pude concordar, ainda que as suas rugas me indicassem que o seu caminho havia sido bastante longo.

— O senhor sabe tudo que já me aconteceu?

Não ouvi a sua resposta, pois meu marido abriu a porta e surpreendeu-se ao me ver diante da janela da sala, com o olhar atirado em direção à noite:

— Volte para a cama. São quatro horas da manhã.

Ainda procurei o velhinho através da vidraça, mas ele já não estava mais lá.

XXII

AQUELE MÉDICO

O DOUTOR Rodolfo Hauser examinou detidamente as radiografias e os exames de sangue que havia pedido. Pareceu não ter dúvidas:

— Está tudo bem com você, não há nada de anormal com os exames.

Nina suspirou aliviada e já se preparava para deixar o consultório, quando o médico a segurou pelo braço:

— Precisaremos fazer outros exames, tem ainda alguma coisa que eu gostaria de esclarecer — disse, com uma aparência que deixou Nina em dúvida.

— Há algo com que devo me preocupar — ela perguntou.

O Dr. Hauser procurou desconversar, aparentemente arrependido de ter revelado a sua preocupação:

— Não é nada importante. Quero apenas estar totalmente seguro para um diagnóstico sem margem de erro. Aliás, já deveria ter solicitado esses exames junto com os pedidos iniciais. Fique tranquila.

O doutor Hauser era o tipo de médico capaz de transmitir tranquilidade a qualquer paciente. Aproximava-se dos sessenta anos, perto do dobro da idade de Nina, falava de uma forma pausada, suave e segura. Nina achava que ele até lembrava um pouco o seu pai, de quem estava afastada desde o casamento, há mais de dez anos, e a quem via apenas em ocasiões especiais, como Natal ou Ano Novo.

Os novos pedidos incluíam mais exames de sangue e uma tomografia, que o doutor Hauser olhou detidamente, como da primeira vez. E novamente não quis firmar seu diagnóstico. Em vez disso, depois de rever o hemograma, chamou-a para um lado do consultório, colocou-a diante de um espelho e disse:

— Você está vendo essas pequenas manchas avermelhadas aqui? — disse, escorregando o dedo pela sua face, pouco abaixo dos olhos.

— Sim, estou vendo — constatou Nina, estranhando a insistência com que o médico mantinha a mão sobre o seu rosto, ao mesmo tempo em que segurava um dos seus braços.

— Você pode notar que essas manchas aparecem também no outro lado do rosto. Isso me leva à quase certeza de um diagnóstico, mas, para me assegurar, vamos necessitar de uma biópsia — completou o médico.

A palavra "biópsia", geralmente associada a doenças como câncer, caiu sobre o colo de Nina com o peso de uma tonelada. E ela desabou no choro. Gostaria muito que o marido estivesse ali ao seu lado, para lhe dar apoio naquele momento. Mas, naquele dia, ao contrário do que acontecia normalmente, Thomás não pôde acompanhá-la na consulta.

O doutor Hauser tratou de acalmá-la:

— Nem pense em bobagens desse tipo, como câncer. Se for o que estou pensando é um problema muito mais simples. E podemos fazer a biópsia agora mesmo, aqui no consultório.

Nina, de olhos arregalados, nada respondeu.

O doutor Hauser chamou a enfermeira e em poucos minutos retirou um pedaço de tecido da face, que ficou marcada por uma cicatriz ínfima.

— Vou encaminhar o material para análise no laboratório. Você pode marcar o retorno para a próxima semana — sugeriu o médico.

Nina voltou ao consultório novamente sem o marido, em viagem a serviço. O doutor Hauser a recebeu com um sorriso:

— Eu não disse que não havia motivo para se preocupar?

Nina relaxou e, pela primeira vez desde que havia saído de casa, percebeu que estava conseguindo respirar normalmente.

— Lúpus. É essa a doença que você tem — explicou o doutor Hauser.

Embora nunca tivesse ouvido essa palavra, nem soubesse da gravidade que a doença poderia ter, Nina respirou mais aliviada ainda. Chegou a esboçar um sorriso.

— Entretanto — acrescentou o médico — é uma doença que exige cuidados e que impõe algumas restrições. Uma delas: você não deverá mais ter filhos.

Nina não se importou. Já tinha um casal — um menino e uma menina — e ter mais filhos não estava nos planos, nem dela nem do marido.

O doutor Hauser ainda gastou alguns minutos explicando as demais restrições impostas pela doença, mas Nina estava tão aliviada que nem mesmo prestou atenção nas suas palavras. Levantou-se, apanhou sua bolsa e deu um beijo na face do médico. Quando ia sair, ele a puxou pelo braço, forçou-a contra a maca de consulta e tentou beijá-la.

Apavorada, Nina juntou o que reunia de forças, escapou das suas mãos e saiu correndo, nem pagou a consulta. Nunca mais voltou ao consultório. Também não teve coragem de denunciar o médico, nem de contar ao marido, embora aquele episódio, ao longo do tempo, fosse lhe custar quase tanta dor quanto os problemas impostos pela doença.

UM DIA, num consultório médico dos tantos pelos que passei em busca de cura para as minhas dores, conheci uma senhora que avaliei ter idade para ser minha mãe. Ela sentou-se ao meu lado e, enquanto aguardava o momento de ser atendida, contou-me boa parte da sua vida. Chamava-se Alda, tinha nascido em Portugal, mas a família — somente ela e os pais — havia se mudado para o Brasil assim que ela completou sete anos de idade. Foram morar em Santa Catarina, onde o pai deveria encontrar-se com um irmão que já vivia no Brasil há algum tempo. Um desencontro não permitiu que os caminhos de ambos se cruzassem.

A situação, que já era difícil em Portugal, tornou-se ainda mais complicada no Brasil. Principalmente para Alda, depois que os pais morreram num acidente de ônibus, cujos detalhes ela não me revelou.

Levada para um orfanato, Alda acabou sendo adotada por uma família de São Paulo, que lhe ofereceu abrigo e estudos. Formou-se professora, casou-se com um industrial e teve um filho, que, ainda menino, encontrou morto na piscina da casa em que moravam. O marido não suportou o drama da tragédia e matou-se com um tiro na cabeça.

Quase cinquenta anos depois da perda dos pais, Alda estava sozinha no mundo outra vez, contando a sua história para mim.

— Meu marido — ela disse — me deixou numa situação financeira estável. Não preciso me preocupar com o meu futuro.

Fez uma breve pausa, olhou bem fundo nos meus olhos, tomou as minhas mãos como se eu realmente fosse sua filha e disse:

— Será que eu preciso de futuro?

Gostaria de ter continuado a ouvir a história de dona Alda, mas a atendente a chamou para a consulta. E eu fiquei imaginando que todos neste mundo precisam carregar as suas cruzes. Certamente algumas cruzes serão mais pesadas do que outras. Qual o peso da cruz de dona Alda?

Passei a avaliar o peso da minha cruz. Não cheguei a nenhuma conclusão. Não sei se ela é leve ou pesada. Sei apenas que, leve ou pesada, tenho de carregá-la. E é o que estou decidida a fazer.

XXIII

A CARTOMANTE

NUMA esquina qualquer um cartaz pregado no poste anunciava o telefone da cartomante Soraia. Nina, que passava de carro, anotou.

À noite, colocou os filhos para dormir e começou a ler um livro enquanto esperava o marido voltar do trabalho. Passou a pensar por que havia feito aquilo. De que serviria o telefone de uma cartomante? Preocupações esotéricas nunca haviam passado pela sua cabeça, jamais acreditou em nada além da existência de Deus. A não ser que existisse algum motivo que ela ainda não saberia explicar, e que a estivesse empurrando para o encontro com a cartomante.

No dia seguinte, resolveu ligar e, em pouco tempo, estava diante de Soraia. Ela a recebeu numa sala razoavelmente grande, dominada por móveis antigos, paredes escuras e uma profusão de almofadas de várias cores e quadros indecifráveis. Um ambiente iluminado apenas por quatro velas já consumidas pela metade.

A cartomante, seguramente, passava dos cinquenta anos, mas não aparentava nenhuma decadência. Parecia até jovial, embora exibisse um rosto sombrio, dominado por olhos de um negro bastante profundo. Pediu a Nina que se sentasse diante de uma mesinha redonda coberta por uma toalha de veludo vermelha, sobre a qual espalhou uma dezena de cartas com suas mãos alvas e ágeis. Nina admitiu de pronto que jamais seria capaz de alcançar tamanha habilidade para manusear as cartas e concentrou sua atenção no rosto da cartomante, intrigada com os dois enormes brincos dourados que pendiam das suas orelhas.

Por algum tempo, Soraia permaneceu ocupada em ajeitar as cartas, enquanto Nina continuava a examinar o ambiente. Um distante perfume de sálvia, às vezes sobreposto por aromas mais acres e menos específicos, precipitava-se sobre as cartas e as pessoas, sem que Nina tivesse conseguido identificar o seu ponto de origem. Um silêncio quase perturbador inundava o ambiente nos momentos em que os suaves acordes de uma música indiana, dominada por uma flauta aveludada, reduziam seus decibéis a níveis em que já não mais podiam ser captados.

De repente, a cartomante perguntou:

— O que te traz aqui, minha filha?

Naquele momento, quase um susto, Nina deu-se conta de que não deveria estar ali. Permaneceu calada, buscando as palavras.

O silêncio estendeu-se por alguns instantes e Soraia antecipou-se:

— Jovens como você costumam trazer dúvidas de amor, algumas querem certificar-se da fidelidade do marido, outras querem saber sobre o futuro. Não tenha receios, abra o seu coração, minha filha.

Nina não tinha dúvidas de amor, nem sobre a fidelidade do marido e, ainda que o seu futuro trouxesse mais nuvens do que certezas, não era disso que ela gostaria de falar. Não era isso que a havia levado àquele mundo estranho ao qual havia sido conduzida apenas por um impulso.

Fixou o olhar no rosto da cartomante:

— Eu queria que a senhora falasse de coisas do meu passado.

Sem fazer nenhum comentário, Soraia recolheu as cartas e puxou outro baralho esotérico. Dispôs todas as cartas sobre a mesa novamente, trocou algumas delas de lugar e manteve um olhar enigmático por momentos.

Depois:

— O que você sabe sobre o seu passado?

— O que eu sei tem pouca importância. Gostaria que a senhora me falasse daquilo que eu não sei.

A cartomante pareceu desconfortável. Tornou a mexer nas cartas e voltou-se para Nina:

— Acredito que você tenha vindo aqui em busca de alguma resposta. Vejo isso pelos seus olhos que mostram mais angústia do que curiosidade.

Fez uma leve pausa, e continuou:

— É sempre assim: respostas que nos faltam costumam atormentar as nossas vidas. Muitas vezes nós procuramos mais respostas do que rumos. Mas saiba, minha filha, que, muitas vezes, é melhor a gente não encontrar, ou até mesmo desconhecer, algumas respostas para os mistérios que envolvem as nossas vidas.

Nina engoliu uma certa sensação de frustração, mas permaneceu calada. A cartomante juntou todas as cartas, colocou-as de lado, tomou as duas mãos de Nina e disse com uma expressão quase maternal:

— Você é jovem e bonita, tem ainda um longo caminho pela frente. Por isso, mais do que oferecer respostas para suas dúvidas e angústias, eu poderia lhe dar um conselho. Saiba que a vida não foi feita para ser vivida sob uma régua matemática. Não permita que as suas inquietações, que parecem atormentar os seus passos, possam levá-la a desperdiçar a sua caminhada. Viva a sua vida como um pintor que a cada nova pincelada descobre os encantos da sua criação — e que, quando isso não acontece, inicia uma nova tela em branco.

Nina retirou o olhar da cartomante e procurou levá-lo para algum canto não sabido, sem ânimo para fazer qualquer comentário.

Soraia retomou:

— Lembre-se: uma das maiores dádivas que Deus nos deu é a capacidade de sorrir, ainda que dores nos machuquem. Um sorriso é como o sol, um sol generoso que nos ilumina, nos aquece e nos guia. Não permita que esse sol se perca ente as nuvens, porque nuvens sempre haverá, para todos nós.

Nina deixou a sala da cartomante embalada por uma certa sensação de paz e ainda procurando assimilar as palavras que havia acabado de ouvir. Mas já convencida de que o mistério do desaparecimento da sua mãe iria persistir. A esperança havia se dissipado naquele encontro. Como havia se dissipado nas tentativas feitas anteriormente pelo marido. Por duas vezes, Thomás esteve em Campos Novos, passou pelos sanatórios, vasculhou arquivos, nada encontrou. Visitou os hotéis mais antigos, examinou registros. Nada.

Tempos depois, Gabriel, que também havia abraçado a carreira de jornalista e tinha amigos na polícia — e ainda persistia nas buscas por alguma pista — chegou animado e anunciou para Thomás:

— Pedi ajuda a um investigador e ele descobriu que uma pessoa com o nome da minha mãe morreu no Hospital das Clínicas naquela mesma véspera de Natal.

Antes mesmo de revelarem a Nina ou a qualquer outra pessoa a descoberta que enfim poderia levar à elucidação do mistério, os dois rumaram para o hospital e conseguiram autorização para examinar os arquivos. Mas o resultado foi igualmente frustrante. Tratava-se apenas de uma pessoa com o mesmo nome. Com exceção do estado civil, não correspondiam os demais dados, nem a idade, nem o endereço ou parentes, nem mesmo a causa da morte, nesse caso um atropelamento.

Havia, é claro, uma pessoa que poderia pôr fim ao mistério da morte de Catarina. Era Esmeralda, um nome a quem Nina, Gabriel e Lívia haviam desistido de recorrer. Primeiro, porque ela jamais admitiu tocar nesse assunto depois que voltou da viagem misteriosa e se instalou novamente em Boturama. Segundo, porque se alguém ousasse pedir alguma explicação, ela entrava num choro desesperado e mergulhava num estado de depressão que durava dias. Finalmente, porque não muito tempo depois de terem deixado Boturama, de volta a Morro Grande, eles receberam a notícia de que Esmeralda havia morrido.

Ninguém, nem mesmo Cícero, foi ao enterro.

AINDA que as minhas lembranças fraquejem, lembro-me muito bem de um dia em que busquei falar com Deus. Queria saber por que havia sido eu a escolhida para responder por tantas tragédias, embora tragédias existissem por toda parte. Já havia tentado fazer isso outras vezes, em todas elas acho que não fui ouvida. Não existia revolta nas minhas palavras, elas apenas traduziam com mansidão o desespero de uma pessoa que se sentia cansada e quase disposta a desistir.

Sempre soube que os mistérios dentro dos quais nos colocam muitas vezes estão além do que somos capazes de entender, mas acreditei que poderia obter uma resposta. Nada mais que isso.

Recolhi-me no meu quarto, onde Joanna, minha filha, dormia e, no silêncio, fiz todas as perguntas que gostaria de fazer naquele momento. Aprendi que Deus é um ser onipresente, de uma bondade infinita, capaz de ouvir e atender a todos nós. Natural que pudesse me ouvir naquele momento e me oferecer respostas. Ou que, pelo menos, pudesse mandar uma mensagem capaz de acalmar meu coração e devolver a ele o ritmo que me permitisse continuar seguindo na minha caminhada e chegar até onde meus passos devessem me levar. Aguardei.

Nenhuma resposta, apenas o silêncio de volta.

Achei que deveria insistir. Ajoelhei-me ao lado da cama e fiz uma oração com as palavras que fui buscar no coração. Cheguei a pedir perdão por algum pecado que desconhecia, mas que ainda pudesse pesar em minha alma. Dessa vez, tenho quase certeza, não foi alucinação. Nunca senti o meu peito tão contrito, nem me senti tão próxima de algum plano que, imaginei, só poderia ser sobrenatural. Era como se eu tivesse sido levada para um mundo que antes eu nunca tinha visitado. Um mundo onde não havia formas, nem cores, nem sons.

Fiquei aguardando.

Um silêncio denso e frio como o daquela tarde permaneceu inundando o quarto, e só foi quebrado quando Joanna suspirou e se mexeu dentro do berço, ao lado da cama. Virei-me para ela, ajeitei o cobertor e fixei os meus olhos no seu rosto. Joanna tinha apenas oito meses, mas pude perceber pela primeira vez o quanto era parecida com a minha mãe, cujo retrato em branco e preto estava ali ao lado.

Talvez Deus estivesse me dando alguma resposta.

XXIV

DOENÇA TRAIÇOEIRA

O CASAMENTO, o nascimento dos filhos, a vida numa nova cidade, novos amigos — tudo isso serviu de alguma forma para Nina desviar a sua atenção do trauma da perda da mãe, ainda que o trauma que ela carregava desde criança já houvesse deixado as suas marcas. E, tempos depois, passou a ser agravado pelos sintomas da sua doença.

Estava diante do espelho, depois do banho, preparando-se para levar os filhos à escola, quando notou que a escova com que se penteava saiu carregada de fios de cabelo. Estranhou. Deixou a escova de lado, passou a alisar os cabelos. Logo percebeu que estava com grossas mechas nas mãos e uma expressão de desespero nos olhos.

Depois de ter decidido nunca mais voltar ao consultório do doutor Hauser, ela havia procurado outros médicos. Um deles alertara:

— O lúpus é uma doença autoimune. Uma doença traiçoeira. Muita gente não dá importância, mas as consequências podem ser trágicas. Cuide-se, pois podem advir complicações para o fígado, rim, pulmão e até o coração. A perda de cabelos talvez seja a menos grave de todas. Infelizmente, não há cura. Você precisará aprender a conviver com ela.

Nina deixou o consultório arrasada.

Ironia: naquele dia, de volta de sua viagem de férias aos Estados Unidos, Lorena havia lhe trazido de presente um frasco de tintura para os cabelos.

Os desmaios, inicialmente atribuídos a algum descompasso emocional, tornaram-se cada vez mais frequentes. Thomás julgou que o melhor para Nina seria buscar algum tipo de apoio psicológico. Visitou vários psicólogos, procurou ajuda com psiquiatras, fez tratamentos com inúmeros profissionais, nenhuma terapia parecia resolver.

Numa revista ela tomou conhecimento de um médium, que, segundo diziam, teria resolvido o grave problema de uma jogadora de basquete de fama internacional. Disse ao marido que gostaria de visitá-lo.

Thomás lembrou que tempos atrás já haviam vivido uma experiência semelhante, com um padre de uma cidadezinha do interior do estado, onde milhares de pessoas se reuniam na porta da paróquia à espera de um milagre. De lá eles haviam saído frustrados. Nenhum resultado.

Agora, ela passava a colocar as suas esperanças nesse médium.

— Se desta vez não der resultado, eu garanto que nunca mais penso nisso — implorou ao marido.

Thomás concordou.

Foram atrás do médium, que também atendia numa pequena cidade do interior, não muito distante de São Paulo. Passou dois dias internada, vestida de branco. Submeteu-se a cirurgias espirituais, voltou animada, como sempre acontecia depois de cada tratamento. Passado algum tempo, os desmaios reapareceram, os cabelos continuaram a cair e ela cada vez mais fragilizada. Situação agora agravada também por uma tosse persistente, que nenhum remédio parecia capaz de subjugar.

Tinham ido ela e os dois filhos ao shopping para comprar o presente de aniversário para Thomás, quando sobreveio a sensação já experimentada em vezes anteriores: os objetos à sua frente perderam o foco e começaram a tremular, ela virou a cabeça para cima, como se procurasse algo no teto, tudo passou a girar de forma alucinante, e Nina desabou desmaiada. O pior: estavam subindo por uma escada rolante, os fios de cabelo se prenderam nas engrenagens da escada. Uma cena desesperadora para Joanna; ela via a mãe, caída e indefesa, como se estivesse sendo engolida por uma máquina, e as pessoas ao lado sem ação, enquanto Rafael corria atrás dos seguranças para que desligassem o equipamento. Perdeu boa parte dos cabelos que já haviam se tornado bastante ralos e sofreu danos também no couro cabeludo. Embora os médicos do pronto-socorro, onde foi atendida, garantissem que os cabelos poderiam se regenerar, isso nunca aconteceu totalmente, ainda que tivesse passado até por cirurgias de reconstituição. Nina passou a depender de um aplique ou do uso de alguma tiara para disfarçar as falhas. Levou tempo para se conformar com isso. Ou talvez nunca tenha se conformado.

A DOUTORA Thereza Villegas, com quem eu me consultava pela terceira vez, explicou-me o que é uma doença autoimune. No seu consultório, instalado no bairro de Pinheiros, onde, fiquei sabendo, ela reservava um dia da semana para atender apenas as pessoas que não podiam pagar a consulta, ela me acolheu como sempre: com um sorriso e um abraço, daqueles que a gente não costuma encontrar em todas as pessoas. O lúpus — ela disse como quem estivesse diante de uma criança, ao mesmo tempo em que procurava escolher as palavras, certamente para me poupar das dores que, sabia, eu teria pela frente — é um bichinho que se esconde nas nossas veias e, embora a gente consiga saber onde eles estão, não há muito que podemos fazer contra eles.

Não disse, mas eu descobri tempos depois que se tratava, não de pequenos bichinhos, mas de verdadeiros demônios que resolvem nos tomar como morada e que não nos deixarão em paz pelo resto da vida. O lúpus, que tirou de mim um sorriso e um suspiro de alívio no consultório daquele médico, iria me condenar a uma vida de limitações, que me faria agradecer a cada minuto pleno que tivesse pela frente, pois saberia que os minutos seguintes poderiam não ser iguais, e provavelmente seriam piores.

Quando nós nos damos conta dessa situação, percebemos que temos estoques inesgotáveis de humildade, e dos quais talvez nem pensássemos que fôssemos fazer uso. Quando você descobre que amanhã não poderá mais ser igual a hoje, o próprio tempo passa a ser ainda mais relativo. As alegrias também. E as próprias tristezas.

Eu sabia que olhar de Rafael cada vez mais poderia vir carregado de ternura, e que as palavras de Joanna cada vez mais poderiam vir impregnadas pelo encantamento das descobertas, mas sabia também que tudo isso, diante dos meus olhos, viria embaçado por um véu, tênue porém implacável, que me impediria de desfrutar desses momentos com a intensidade que qualquer um deseja. Assim como sabia que esse véu iria se tornar cada vez mais opaco.

A razão, que tantas vezes se apresenta como nossa conselheira, dizia que eu deveria aproveitar cada um desses momentos, justamente porque eles poderiam únicos. Mas a razão nem sempre é soberana, e nem sempre é uma boa conselheira.

Se hoje eu quiser chorar, que as lágrimas brotem generosas e mornas para acalmar a minha alma. Amanhã talvez eu nem tenha vontade de chorar.

Várias vezes voltei ao consultório da doutora Thereza Villegas, não porque esperasse ouvir dela uma palavra de que eu estava livre dos meus pequenos demônios, mesmo porque tinha consciência de que não seria capaz de derrotá-los. Voltei várias vezes apenas para sentir o toque caloroso das suas mãos finas e acolhedoras, para ouvir a sua voz mansa e doce, para recolher dos seus lábios palavras que iriam encontrar um lugar no meu coração. Voltei para repor nas minhas lembranças (se ainda fosse capaz de carregá-las) a meiguice daquele olhar, impotente mas afetuoso, que imagino seja um privilégio das mães. E que certamente a minha mãe me dedicaria se pudesse estar ao meu lado.

XXV

SONHOS DE GUERRILHA

NAQUELA noite, Cícero teve dificuldade para dormir, preocupado com Gabriel. Tão logo encontrou o sono, foi despertado por pancadas na porta. Acendeu a luz, procurou o relógio que estava sobre o criado-mudo ao lado da cama: 2h20. Vestiu um roupão e desceu rapidamente os degraus da escada, imaginando que poderia ser mesmo algo relativo ao filho. Gabriel havia enfrentado — e estava quase superando — uma fase de depressão, depois do rompimento com a noiva que morava em Boturama. Alternava períodos bons e ruins. Nos últimos tempos, seu comportamento estava estranho. Voltou a não falar com ninguém e vinha chegando tarde da noite em casa, às vezes alcoolizado. Não muito tempo atrás, inesperadamente, chamou a madrasta, com quem raramente tinha o hábito de trocar qualquer palavra, e contou uma história sem sentido, que ficou de explicar depois — o que acabou não fazendo. Nem mesmo quando o pai, alertado por Louise, cobrou uma explicação.

— Não, eu não disse nada disso — justificou-se diante do pai.

Não havia dúvida de que os fantasmas trazidos pelo desaparecimento da mãe continuavam convivendo com ele.

Alguém batendo à porta naquela hora da madrugada só poderia ser notícia ruim, pensou Cícero. Ao abrir a porta, deparou-se com dois soldados do Exército, com armas na mão. Um deles esforçou-se para parecer delicado:

— O senhor pode nos acompanhar, por favor?

Louise também desceu preocupada, mas mal teve tempo de ver o marido ser conduzido para um camburão, uma Veraneio disfarçada, que desapareceu rapidamente.

Cícero foi empurrado para o interior do veículo, sem que os soldados respondessem a nenhuma das suas perguntas. Enquanto ele tentava descobrir por que e para onde estava sendo conduzido, o camburão deslizava pelas ruas da cidade, desertas naquele momento, envoltas por um silêncio só quebrado, às vezes, pelos latidos de algum cão vadio. O carro parou em algum local que Cícero calculou ficar a cerca de vinte minutos da sua casa. Foi levado para um cubículo de dimensões minúsculas, conforme pôde constatar assim que lhe retiraram a venda dos olhos. Não havia cama, nem qualquer outro tipo de móvel. Apenas dois pontos de referência: a porta com grades de ferro e uma janela, igualmente minúscula, também guarnecida por grades de ferro, no alto da parede.

Os soldados retiraram as algemas, passaram a chave na porta e se retiraram ainda sem nada dizer, cumprindo aquilo que parecia um ritual de rotina. Cícero permaneceu sentado no chão, imaginando que, em algum momento, alguém iria aparecer para oferecer uma explicação, já convencido de que o problema não era com Gabriel. Ninguém apareceu e ele acabou adormecendo recostado no canto formado por duas paredes umedecidas.

O sol ainda não havia surgido quando foi despertado pelo barulho de chaves abrindo a porta. Novamente algemado, foi conduzido para outro ambiente e, finalmente, convenceu-se também daquilo que já imaginava: estava numa instalação militar. Caminharam pouco mais de vinte passos e Cícero viu-

-se diante de uma pessoa que lhe pareceu até jovem demais para a patente que ostentava: tenente-coronel. Estava sentado atrás de uma mesa de simplicidade espartana. Tinha o cabelo bem alinhado, a face alva e lisa de quem havia acabado de se barbear. Falava ao telefone, quando Cícero entrou:

— Sim, coronel, pode deixar. Faremos tudo de acordo com as suas determinações.

Desligou o telefone, voltou-se para Cícero:

— Sente-se — ordenou com olhos perfurantes.

Cícero mal havia se acomodado e o oficial emendou:

— Você conhece Orlando Agripino?

Claro que Cícero conhecia. Orlando Agripino era o seu sócio no empreendimento de soja que ambos estavam iniciando na fazenda localizada às margens do rio Touro Morto.

Nascido na Bahia e dono de uma pequena empresa de ônibus, Agripino havia feito fortuna transportando candangos para a construção de Brasília e também porque soube aproveitar as oportunidades que a nascente capital oferecia. Com o dinheiro comprou duas fazendas e estabeleceu-se em Morro Grande. Havia perdido a mulher ainda cedo e lamentava não ter a quem deixar os seus bens, a não ser para o único filho, que estudava — ou dizia estudar — em São Paulo. Um estroina — era o que pensava a respeito do menino, embora jamais tivesse tido coragem de dizer isso a ninguém.

— Esse rapaz ainda vai me trazer muita dor de cabeça — é o que, às vezes, admitia dizer aos amigos.

E trouxe mesmo, várias vezes. Um dia ligou para o pai pedindo dinheiro — mais ainda do que estava habituado a receber —, depois de destruir dois carros, o dele e o do outro motorista, num acidente na Avenida Marginal. Mal livrou-se dos gessos, lá estava ele de novo na cadeia, após meter-se numa briga numa boate. Estava em busca de algum amigo influente do pai que o ajudasse a sair da enrascada. Pouco tempo depois, nova ligação com novo pedido: precisava de dinheiro para pagar o aborto da namorada.

Agripino ainda procurava uma explicação para as visitas constantes que o filho vinha lhe fazendo nos últimos tempos em Morro Grande, sempre acompanhado de alguns amigos. Chegou até a comemorar essa possível reaproximação, pensando que ele finalmente estivesse dando um jeito na vida.

Tempos atrás, quando a empregada anunciava o nome do rapaz ao telefone, Agripino sabia que era sinal de problema. Se o silêncio ou a falta de notícias se estendessem mais tempo do que era comum acontecer, imaginava que o problema poderia ser ainda mais preocupante.

Desta vez, o problema não poderia mesmo deixar de ser preocupante. Muito preocupante: depois de um longo período sem dar notícias, o jovem havia decidido ingressar num grupo de luta armada que imaginava fosse capaz de derrubar a ditadura. Juntou-se a um grupo de guerrilheiros e não tardou a cair nas mãos da polícia do Exército. Agora, estava confinado num quartel nos arredores de São Paulo.

As ligações entre o filho, o pai e Cícero foram óbvias e imediatas. Assim, a polícia bateu na porta de Cícero. Agripino já estava preso.

— Seu amigo está numa cela ali ao lado. Vocês têm algumas explicações para dar — disse o tenente-coronel.

Por mais explicações que pudesse oferecer, Cícero sabia que a sua situação era bastante complicada. Principalmente quando ficou sabendo que os militares haviam encontrado armas na fazenda do rio Touro Morto, um esconderijo que o jovem revolucionário, sem o conhecimento do pai, pretendia transformar na sua Sierra Maestra, ainda que ali não houvesse mais do que extensas e suaves planícies, em muitos pontos monótonas demais para os sonhos de qualquer guerrilheiro. Esconderijo que ele revelou ao primeiro sinal de tortura.

Louise foi a única pessoa que conseguiu visitar Cícero na prisão, no quartel do Exército em Morro Grande. Saiu de lá com notícias nada alentadoras:

— Seu pai não está bem. Quase nem o reconheci — contou a Nina, por telefone.

Contou mais:

— Ele me pediu que dissesse a vocês que está sendo bem tratado, mas não acho que é isso que está acontecendo.

Os advogados contratados para cuidar do caso também não tinham boas notícias para dar:

— Na situação que o país está vivendo, não há argumentos nem leis que estejam do nosso lado. Qualquer suspeita é suficiente para levar uma pessoa para a prisão, e não será fácil tirá-la de lá. Neste caso, a descoberta de armas na fazenda acrescenta um ingrediente com o qual é quase impossível lidar — disse o doutor Luciano Prates, um dos sócios do principal escritório de advocacia de Morro Grande.

Não era só isso: ao vasculhar o escritório de Cícero, os agentes dos serviços de inteligência encontraram uma agenda. Nela, o nome do falecido Facundo Ribeiro, notório esquerdista que havia oferecido a própria casa quando o Partido Comunista, então na legalidade, planejou abrir uma sede em Morro Grande.

Facundo Ribeiro era uma figura meio folclórica, que nunca chegou a ser levado muito a sério na cidade, mas sempre pareceu honestamente convencido das suas ideias anarquistas. "Um dia, o socialismo vencerá", costumava pregar. Uma vez chegou a lançar o seu nome como candidato a prefeito. Recebeu pouco mais de duas dezenas de votos — o que não foi suficiente para elegê-lo, nem para fazê-lo desistir das suas convicções. Até o dia em que morreu. Mas deixou seguidores. Entre eles os deputados Florisvaldo Semedo e Fabrício Terra.

Terra já havia abandonado a política para cuidar do seu gado na fazenda de três mil hectares que havia montado em Rondonópolis, e que o havia levado a deixar de pensar em qualquer outra coisa que não fosse a sua conta bancária. Semedo, cujo nome chegou a ser cogitado para disputar o governo do Estado, escapou para a Bolívia e de lá refugiou-se no Chile, quando o Exército iniciou a caça às bruxas. Para complicar ainda mais a situação, esses dois nomes também estavam na agenda descoberta no escritório de Cícero.

Havia na agenda outros nomes de políticos, alguns deles apoiadores do regime que estava sendo implantado no País. Porém, Cícero nunca teve disposição para se envolver em política. Inicialmente, chegou até a achar que os militares estavam fazendo um bem para o Brasil quando se instalaram em Brasília, mas esses assuntos não estavam entre as suas prioridades, preferia cuidar apenas dos seus negócios. E os negócios iam bem. Tão bem que haviam lhe permitido chegar a uma situação financeira jamais imaginada por ele.

Uma situação que mudou dramaticamente em pouco tempo. A fazenda acabou confiscada e Cícero perdeu também a representação da multinacional de fertilizantes. Dívidas acumuladas durante o período em que esteve preso o levaram a perder até mesmo a pequena chácara que usava para lazer nos fins de semana, nas proximidades de Morro Grande.

De repente, Cícero era um homem destituído de tudo que havia conseguido acumular durante toda a sua vida, uma vez que também já não possuía mais participação na Usina São Jerônimo, em Mirante. E agora ainda deveria conviver com o vulto de alguns homens desconhecidos que passaram a rondar a porta da sua casa de tempos em tempos, sem ao menos dissimular a sua presença.

— Não se preocupe, minha filha. Eu vou começar tudo de novo — disse a Nina com os olhos úmidos, no dia em que ela foi visitá-lo, assim que deixou a prisão.

Talvez Cícero não tivesse noção de que provavelmente não encontraria tempo para isso.

NÃO SEI por que, mas hoje eu me lembrei novamente de dona Alda, a senhora que conheci no consultório médico e que me contou a sua história de uma forma tão simples e natural como se o relato de uma vida pudesse ser resumido numa conversa de cinco ou dez minutos.

Comparações costumam ser precárias e quase sempre levam a interpretações que podem ser imprecisas. Mas não nego que cheguei a comparar a minha vida com a dela, e até a vida dela com a da minha mãe. A vida de dona Alda, pelo que me contou, deveria ter um final tão previsível e, no entanto, de repente tudo mudou, surpreendentemente para melhor. Mais à frente, uma nova guinada e a tragédia anunciada lá atrás acabou se consumando. Que mistérios são esses? Que mistérios ditaram os rumos da sua vida? Que mistérios ditaram os rumos da minha vida? E da vida da minha mãe?

Será que há coerência na vida que nos entregam? Às vezes, sinto que a coerência que cobro nas outras pessoas também falta em mim e concluo que não se deve exigir isso de ninguém. Nosso próprio Deus parece incoerente. Ele nos dá sabedorias e muitas vezes nos tira condições para fazer uso delas. Lembro-me, por exemplo, de um dia em que, a caminho da sala de ressonância magnética para mais uma das minhas intermináveis sessões de exames, cruzei no corredor do hospital com uma quase minúscula senhorinha de rosto enrugado e cabelos tão brancos quanto paina, que imaginei trazer séculos de experiências (e de sofrimentos) sobre os ombros. Numa cadeira de rodas, como eu, ela me sorriu e acenou com um gesto indeciso e tremulante, não sei se de Parkinson ou de Alzheimer. Fiquei imaginando quem seria ela e também quão sábia poderia ser e, se fosse, quão pouco poderia disso desfrutar. Enquanto a imagem dela desaparecia no final do corredor, senti que havia sido injusta com Deus nas reclamações anteriores quanto às minhas tantas dores, e cheguei a agradecer por ter me poupado também dessa tragédia. Pelo menos por enquanto.

Não conheci os filósofos, mas sei que algum deles falou em algo chamado livre-arbítrio, essa capacidade que todos nós temos de fazer as nossas escolhas e de sermos responsáveis por suas consequências, sejam elas boas ou ruins.

Que escolhas essa senhorinha fez? Que escolhas fez dona Alda? Que escolhas eu fiz?

E a minha mãe? Tenho quase certeza de que não conseguiu fazer as suas escolhas.

XXVI

TRAGÉDIAS EM SÉRIE

Aos poucos, Nina passou a admitir que a mãe poderia mesmo ter morrido. Era doloroso não saber em que circunstâncias, nem onde o seu corpo estaria enterrado. Era doloroso não ter se despedido dela, e era doloroso principalmente imaginar quantos momentos, fossem eles de alegria ou mesmo de tristeza, poderia ter compartilhado com ela, e que foram perdidos. Mas...

Se a mãe não havia aparecido no dia do seu casamento era um sinal de que qualquer esperança de reencontrá-la poderia não ser mais do que um sonho, embora a imagem daquela mulher descendo apressadamente os degraus da igreja ainda não tivesse desaparecido da sua memória. Se não havia aparecido também no casamento de Lívia, realizado algum tempo depois, poderia igualmente ser interpretado como um sinal de que não deveria estar viva. Se não apareceu no nascimento de Rafael e Joanna, que seriam os seus primeiros netos, era outra prova. Difícil acreditar que fosse aparecer só agora quando estavam crescidos e em pouco tempo começariam decidir os rumos de suas vidas. A prova definitiva, porém, veio quando começou uma sucessão de tragédias na família. As primeiras delas: as mortes de Gabriel e Tales.

O fracassado encontro com a senhora de vermelho pôs fim às ilusões que Gabriel ainda mantinha de encontrar a mãe, ou pelo menos saber o que teria acontecido com ela. E ele mergulhou definitivamente na bebida. Uma cirrose, que ele nem mesmo fez questão de cuidar, provocou a sua morte.

A notícia chegou quando o telefone tocou, de madrugada. Nina, que recorria a doses anormais de tranquilizantes para dormir, não acordou. Thomás levantou-se em silêncio e foi até a sala para atender. Quando voltou, ainda pensando quais palavras deveria usar para dar a notícia, encontrou Nina sentada na cama, a luz acesa.

— Não precisa dizer. Eu já sei...

Tales, martirizado também pela sua introspecção, seguiu pelo mesmo caminho. Nina soube que ele não estava bem e, de surpresa, resolveu viajar até Morro Grande para visitá-lo no dia do seu aniversário. Levou um par de sapatos de presente. Encontrou-o na cama, fragilizado. Havia sido internado uma semana antes com dores no peito e um quadro de assustadora debilidade. Mesmo sem descobrir nenhuma causa específica, os médicos haviam decidido que ele poderia se recuperar em casa.

Esforçou-se para sorrir quando se viu diante da irmã predileta e procurou fazer com que o abraço fosse o mais longo possível.

— Para que isso, Maninha? Você sabe que eu nem vou usá-los — disse ao receber o presente.

Naquela mesma noite, Tales teve uma parada cardíaca. Foi enterrado com os sapatos novos.

Em nenhum desses momentos, Catarina apareceu. Nina convenceu-se de que seria sensato admitir que a mãe já não estivesse viva. Passou a concentrar-se na sua saúde, principalmente porque a tosse persistente não a abandonava.

Mas as tragédias ainda não haviam terminado. E novamente a notícia chegou pelo telefone, quase um ano depois. Louise ligou para avisar que Cícero estava internado. O que parecia ser um quase prosaico mal-estar acabou virando motivo de preocupação no momento em que os médicos anunciaram a descoberta de uma infecção de certa gravidade. E acabou levando todos ao desespero quando os exames trouxeram a informação que naquele tempo equivalia a uma sentença de morte: Cícero estava com leucemia. Sem os tratamentos capazes de, ao menos, prolongar a vida dos pacientes, a morte chegaria em poucos meses.

Depois que um tratamento inédito com *Interferon* também se revelou ineficaz, os médicos decidiram que Cícero deixasse a UTI e fosse transferido para um quarto, onde poderia viver os últimos momentos ao lado da esposa e dos filhos.

Com um gesto quase indecifrável, Cícero indicou a Louise que todos deixassem o quarto, queria ficar a sós com Nina, que havia acabado de chegar de São Paulo. Ela aproximou-se e quase não reconheceu o pai. Por trás da palidez, o seu rosto trazia uma angústia perturbadora. Tomou as suas mãos trêmulas, quase frias, e as beijou. Não disse nenhuma palavra. Ele esforçou-se para exibir um sorriso que manifestasse alegria por tê-la ao seu lado naquele momento. O sorriso não saiu. Esforçou-se para dizer-lhe alguma coisa. As palavras também não saíram. Como já não saíam há alguns dias. Nina enxugou uma lágrima que escorreu tímida pelo canto do olho do pai e tomou novamente as suas mãos.

— Descanse, papai.

Ele fechou os olhos e descansou.

Nina saiu do cemitério direto para o aeroporto. E, no dia seguinte, já em São Paulo, direto para um hospital. Há 48 horas debatia-se com uma febre que teimava em não baixar dos 40 graus.

EM ALGUM lugar do que resta da minha memória está registrado o dia em que a minha mãe me apareceu — talvez tenha sido num sonho, não posso assegurar — e disse: "Não devemos julgar aqueles que já partiram. Não é justo negar-lhes o direito de contestar ou pelo menos oferecer a sua versão". Vivi tão pouco tempo com ela, mas acho que a minha mãe era sábia.

Hoje estou convencida de que não devo entregar ao meu pai a responsabilidade pelo desaparecimento da minha mãe. Nem pelo sofrimento que o silêncio dele nos causou. Ficamos sem respostas para todas as perguntas que lhe fizemos, mas nem assim quero julgá-lo. Talvez simplesmente não tivesse respostas. Ou talvez estivesse procurando nos poupar de dores ainda maiores.

Durante o seu velório, vejo seus outros filhos, os do segundo casamento, reunidos em torno do caixão, mas parece que a minha dor não é a mesma que consigo identificar no rosto de cada um deles. Poderia me aproximar deles e dividir, ou somar, essa dor. Afinal, somos todos irmãos, ainda que só pela metade. Mas preferi ficar mais distante. À distância, observo tudo com meus olhos secos e ofereço apoio para o choro e o desespero de Lívia, que permanece agarrada ao meu braço.

De onde estou vejo apenas um pedaço de véu branco e algumas flores dentro do caixão, além de um rosto que quase não consigo identificar. Por momentos cheguei a imaginar que pudesse ser o rosto da minha mãe. Claro que isso não passava de uma alucinação, mais uma das alucinações que têm tomado conta desses meus neurônios machucados e enfraquecidos.

Cheguei a imaginar como o ritual de um velório é algo cruel. Para quem fica, ou mesmo para quem parte. Aquele perfume de flores que a gente não quer sentir, e que incomoda. Aquele vozerio indecifrável, quase mudo. Os olhares compungidos. A espera dilacerante que não será capaz de nada mudar. Tudo abafado por um manto de tristeza que desce sobre as nossas cabeças com o peso de toneladas...

Num certo momento, Louise aproximou-se e perguntou se eu não iria me despedir do meu pai. Com um aceno de cabeça respondi que sim. "Então vá, já está na hora de fechar o caixão", ela disse. Ao ouvir isso, Lívia entrou em desespero e mal foi possível contê-la e levá-la de volta ao estado normal de consciência. (Só tempos depois percebi que, naquele momento, o único estado normal de consciência seria mesmo o desespero). Quando me aproximei, vi que a tampa do caixão já havia sido colocada. Pedi que a retirassem e fiquei observando o rosto do meu pai pela última vez. Percebi — ou então imaginei — que havia um traço de dor e de sofrimento na sua expressão. Dor de nos deixar? Sofrimento por partir? Sofrimento por algo que fez, ou por algo que deixou de fazer? Dor por nos abandonar mergulhados na dúvida que carregamos por todo esse tempo? Não sei. Agora já nem quero saber. Nem acho que tenho o direito de fazer julgamentos.

Meu último gesto foi dar-lhe um beijo na testa e acariciar os seus cabelos. Nesse instante, senti vontade de fazer como a minha irmã e jogar para fora todo o meu desespero. Gostaria de derramar todas as lágrimas que sabia estarem represadas dentro de mim. Gostaria de gritar com todas as minhas forças para que ele próprio pudesse ouvir que eu o amava.

Mesmo assim, não consegui chorar.

XXVII

ASSIM NASCEM AS ORQUÍDEAS

COM OS EXAMES, veio a confirmação: Nina estava com tuberculose. Era mais uma das consequências do lúpus, como os médicos haviam alertado. Foi um tratamento longo e penoso. Por algum tempo Nina necessitou até do auxílio de um cilindro de ar, que penosamente arrastava pela casa. Por fim, conseguiu vencer a doença. Mas seu estado geral deteriorava cada vez mais. Quem a visse podia perceber que ela estava consumindo as suas últimas reservas físicas e psicológicas.

Por vezes, parecia até distanciada da noção de que o seu sopro de vida pudesse estar por expirar. Caso tivesse essa noção, nunca permitiu que o marido, ou os filhos, ou quem quer que fosse pudesse perceber. Se as forças a amparassem, ela continuaria lutando, não abandonaria nenhuma atividade. Seria uma guerreira, como um dos seus médicos a havia definido no início dos problemas. Mas essa era uma palavra que ultimamente parecia estar deixando o seu dicionário, agora dominado por uma rotina que incluía internações e exames, internações e transfusões de sangue, internações e desmaios, internações e confusões mentais. E o pior: veio outro acidente vascular cerebral, seguido de mais internações.

Um dia, no hospital, ela acordou no meio da tarde, parecendo estar retornando de uma longa jornada. Com uma sonda invadindo a sua narina, os olhos dominados por olheiras profundas, o rosto pálido e deformado, pediu um espelho para Thomás.

Ele disse que faria isso assim que alguma enfermeira viesse ao quarto, e tratou de desconversar.

Ela percebeu. Esboçou um sorriso que ficou enroscado no canto da boca e nem chegou até os olhos:

— Sabe? Já não quero mais nada da vida. Peço apenas a Deus que me permita ver o casamento dos meus filhos. E, se merecer, pelo menos o nascimento de um neto.

Acabou conseguindo mais do que isso. Mesmo debilitada, ela pôde ver o casamento dos filhos e ainda o nascimento não apenas do primeiro neto, mas de todos eles, quatro. Desde o princípio dos problemas, ela sabia que precisaria aprender a viver de intervalos. Em alguns desses intervalos a vida fingia retornar aos rumos que deveria ter ocupado sempre, se fosse normal. Mas a vida de Nina, desde os cinco anos, nunca foi normal.

Com o novo AVC, perdeu alguma mobilidade numa das pernas, e passou a ter certa dificuldade na fala. Mas, com o tempo e a tenacidade empregada nas sessões de fisioterapia, conseguiu superar as sequelas mais graves. Pôde até voltar a se dedicar ao que mais gostava de fazer: viajar e cultivar orquídeas.

Orquídeas. Esse era um presente que nem o marido nem os filhos permitiam faltar em cada aniversário, ou qualquer outra data comemorativa. Nina buscou livros, fez cursos, transformou as orquídeas num mundo particular, no qual passava mergulhada durante boa parte do seu tempo. Desenvolveu até uma técnica para reaproveitar as mudas, de tal modo que em pouco tempo já não havia mais espaço nem na varanda, nem na sala, nem mesmo na área de serviço para acomodar todos os vasos, no apartamento em que agora morava. Inevitavelmente, havia sempre algumas orquídeas em flor. Gostava de conversar com elas, enquanto alimentava suas folhas com um chumaço embebido em leite, e principalmente carinho. Também parecia ser capaz até de saber quando cada uma delas iria florir.

Alguém perguntou certa vez como conseguia fazer aquelas previsões. Não se sabe se séria ou em tom de brincadeira, Nina disse:

— Você não sabe que sempre floresce uma orquídea quando morre alguém de bom coração? Quase todos os dias morre alguém de bom coração.

NUM DIA que teria tudo para ser igual aos demais, Nina recebeu um telefonema de Louise, com uma revelação:

— Encontrei entre as coisas do seu pai uma carta endereçada a você. Ele nunca me disse nada, mas suponho que tenha sido escrita pouco antes da morte dele.

— A senhora leu? — Nina perguntou.

— Claro que não. Está fechada e eu não me atreveria a abri-la.

Nina ficou indecisa e Louise se antecipou:

— Vou colocar num outro envelope e enviá-la para você.

Dois dias depois, Nina estava com o envelope na mão. Abriu: a carta não passava de um pequeno pedaço de papel, com um nome e um endereço. Nenhum comentário ou explicação.

O nome: Glória. O endereço indicava o número 768 de uma rua em Boturama.

Naquele começo de noite, quando Thomás chegou do trabalho, Nina estendeu-lhe o bilhete.

— Você quer ir até lá? — ele perguntou.

— Claro.

— Você sabe que esse encontro — se ele ocorrer — pode lhe trazer mais dor do que toda a dor que você carregou até agora?

— Sei, mas quero ir.

Com um telefonema, Thomás conseguiu uma dispensa de última hora e, no dia seguinte, estavam a caminho de Boturama. Rafael e Joanna, com uma folga imprevista na escola, ficariam na casa dos avós, os pais de Thomás.

Apesar de ter vivido quase dez anos em Boturama, Nina tinha apenas vagas lembranças de onde poderia ficar essa rua. Ou talvez fosse apenas um nome parecido. Melhor perguntar. Num posto de gasolina, o frentista foi solícito:

— Vocês não estão muito longe — disse, e explicou o caminho.

A rua, realmente, não ficava longe dali, nem mesmo estava muito distante do centro da cidade, que, aos olhos de Nina, parecia bem diferente daquela do seu tempo. Não foi difícil chegar ao local indicado no bilhete de Cícero: no número 768 havia um prédio de apartamentos, em início de construção.

Ao lado havia uma floricultura.

COMO é comum acontecer, imagens e memórias cruzadas costumam frequentar os meus pensamentos. E hoje eu me vi lembrando daquela senhorinha de cabelo de paina, com quem me encontrei num corredor de hospital. Fiquei pensando como isso pode acontecer se o nosso encontro não durou mais do que alguns segundos?

Outras pessoas, com as quais convivi tanto tempo, e outras com as quais convivo até hoje, passam diante de mim como uma brisa que não deixa rastro nem perfume.

São os mistérios desse universo em que todos estamos mergulhados. O que sei é que os nossos rumos — chamam a isso de destino? —, sejam eles trágicos ou gloriosos, parecem não interferir em nada no giro dessa roda monumental que muitas vezes nos tritura e outras tantas nos nega respostas das quais necessitamos. Mais ainda: por mais que exerçamos os nossos direitos de fazer escolhas, elas também são insignificantes.

Quando penso naquela senhorinha, não posso deixar de lembrar o caráter transitório do nosso encontro. Ela simplesmente passou pela minha frente, fez um aceno e, depois, nunca mais nos vimos. O que será que lhe reservaram os dias que ainda tinha pela frente? Se partiu naquele mesmo dia, como ficaram aquelas pessoas a quem ela amou e aquelas que a amaram?

Não sei se o acaso que nos colocou frente a frente em duas cadeiras de roda no corredor do hospital significou algo para ela. Para mim, sim. Tanto que estou aqui relembrando aquele momento. Mas foi apenas um acaso. Não sei se ela (ainda estará viva?) irá, um dia, lembrar-se de mim. Provavelmente não. Foi apenas um acaso. O que sei é que eu nunca mais irei vê-la. Provavelmente.

Assim é a vida, tal qual nos entregam.

Os acasos que passeiam por aí podem ser mais, ou menos, importantes. Podem ser irrelevantes, ou podem determinar se vamos tomar este ou aquele caminho. Seja o caminho que pode desembocar numa tragédia, ou o caminho que pode nos abrir a porta da fortuna.

Quem será que escolhe os acasos das nossas vidas?

XXVIII

VISÕES INEXPLICÁVEIS, OU NÃO

MESMO depois de concluir que havia encontrado razões suficientes para admitir que a mãe não deveria estar viva, o cotidiano de Nina continuou sendo assombrado por acontecimentos estranhos. Um sábado, no meio das luzes do começo da noite, depois de buscar os filhos numa festa de aniversário, ela viu a mulher parada no meio da rua. Com o carro novo, que Thomás havia lhe dado alguns meses atrás, ela trafegava pela Avenida Brasil, com o pensamento colocado em algum ponto distante, quando viu o vulto da mulher surgir à sua frente. Fixou o olhar e não teve dúvidas: era Catarina, a sua mãe. O mesmo rosto, com os lábios bem delineados, o mesmo olhar, com a meiguice que sempre lhe entregava, os mesmos cabelos, negros e sempre arrumados, o mesmo sorriso...

Não havia dúvida, só podia ser ela. Um detalhe a intrigava: mesmo depois de tanto tempo, a mãe não havia mudado em nada. Era essa mesma imagem que Nina nunca havia tirado da memória, desde o dia em que se despediu dela no trem.

A mulher permanecia parada no meio da pista e o carro, embora não estivesse em alta velocidade, avançava contra ela. Nina procurava os freios, desesperada, sem encontrar. O vulto da mulher — agora com as feições da noite em que apareceu nos seus sonhos, na véspera do casamento — cresceu diante dela.

— Não! — gritou Nina, assustando os filhos.

Num gesto intuitivo, fez uma manobra brusca para um dos lados, atingindo um dos carros, este sim em alta velocidade. O resultado foi uma série de colisões.

— Você está louca? Como você faz uma manobra dessas? — esbravejou um dos motoristas atingidos.

Nina desceu do carro atordoada, verificou se estava tudo bem com Rafael e Joanna e procurou pela senhora que havia visto no meio da pista. Não a encontrou.

— Mas eu vi. Ela estava parada no meio da pista — repetiu ao marido quando chegou em casa, arrasada.

Thomás concluiu que os danos trazidos pela doença — e pelos seus traumas — estavam avançando para limites perigosos. Lembrou-se do conselho que um dos neurologistas havia lhe passado tempos atrás, depois de examinar uma tomografia, que mostrava o cérebro de Nina tomado por várias pintinhas brancas:

— A situação dela é delicada. Ela não pode deixar de tomar os remédios, principalmente os tranquilizantes, mas tudo isso tem um preço. Se puder, evite que ela venha a realizar qualquer tipo de atividade sozinha.

Não foi preciso Thomás tomar qualquer decisão. Naquela mesma noite, Nina anunciou:

— Não vou mais dirigir.

Abdicar de dirigir, algo que fazia com prazer e que preenchia parte do seu dia, poderia até parecer algo irrelevante. Mas significava impor mais uma limitação a uma rotina de vida já bastante limitada. Como a sua cota de resignação parecia não se esgotar, ela mostraria resiliência para aceitar mais esse golpe — insignificante que fosse — como nova imposição do seu destino. O que mais lhe doía, porém, ao tomar decisões desse tipo, era constatar que na sua consciência a lucidez parecia definitivamente estar perdendo a guerra contra as alucinações. E ela não sabia até quando teria forças para manter-se dentro dessa batalha, sem entregar definitivamente as suas armas.

Numa manhã daquela mesma semana, ao se despedir de Nina na saída para o trabalho, Thomás ouviu dela:

— Hoje, procure chegar mais cedo; Rafael disse que quer conversar com você.

— Você sabe do que se trata?

— Não.

— Você não sabe ou não quer dizer?

— Ele dirá quando você chegar.

Quase no final da tarde, Thomás ligou para Nina, para informar que estava deixando a redação da revista em direção ao estádio do Pacaembu, onde haveria um jogo da Seleção Brasileira. O repórter anteriormente designado para fazer algumas entrevistas com os jogadores não teria como comparecer e a pauta, imprevista, caíra nas suas mãos. Coisas do serviço.

— Você pode explicar isso para o Rafael? — ele disse.

— Posso. Mas, quando você chegar, talvez eu não esteja aqui.

Thomás ficou intrigado com a resposta que aparentemente não fazia sentido, mas não teve tempo de questionar. Ao chegar em casa, já depois da meia-noite, realmente não a encontrou. Uma ambulância a havia levado para o hospital, depois de mais um dos seus desmaios. Lorena, com suas mãos de fada, havia aparecido mais uma vez para ajudar, enquanto Benedita colocava Joanna para dormir e, agora, tratava de controlar o desespero de Rafael.

Rafael:

— Papai, você precisa mesmo trabalhar tanto?

Embora pautas imprevistas fizessem parte do seu ofício, Thomás entendeu que estava negligenciando em relação a Nina. Precisaria dar mais atenção a ela.

Hoje completam-se quarenta anos que estamos casados. Meu marido me deu flores — orquídeas como sempre — e me escreveu uma carta. Ele disse:

"São quarenta anos juntos. Quarenta anos são mais do que muitas vidas. Foram quarenta anos de lutas, juntos. De superação de obstáculos. De busca de sonhos. Sempre juntos.

Tivemos crises? Claro. Superamos, juntos.

Durante esse tempo tão longo, aprende-se que vida não é uma página que se escreve apenas com letras douradas. Mas descobrem-se também valores preciosos como o companheirismo e a solidariedade, igualmente formas nobres de amor.

Poderíamos ter buscado outros caminhos? Sim. Afinal, a vida é feita de escolhas. O importante é que as nossas escolhas sempre fizemos juntos, pois essa é também outra forma de amor. Aí parece estar o segredo: o compartilhamento. Quando há compartilhamento, entrega, companheirismo e amor, a vida — mesmo quando amarga — torna-se mais suave.

Nunca persegui a perfeição e sei que posso ter falhado com você. Muitas vezes. Sei também que por vezes — ou quase sempre — a vida foi dura com você. Mais que dura, foi cruel. E cruel demais, pois te deu mais pesos para carregar do que alegrias para repartir.

Mas você foi valente, guerreira e obstinada, como quem assume uma missão e não desiste dela antes de vê-la terminada. Parece ter sido exatamente essa a sua missão. O Deus que tanto procuramos, principalmente nas horas mais difíceis, talvez possa estar incorporado nas missões que nos entrega, assim como pode estar em todas as coisas, as mais simples até. São mistérios que fogem à nossa compreensão.

O importante é cumprir as nossas missões e deixar exemplos.

Isso você sempre fez. E isso a torna tão admirável.

Conseguimos tudo que queríamos? Certamente não. Ninguém consegue. Mas construímos o que nos basta: filhos, maravilhosos; netos, encantadores — e uma vida de paz. Sempre juntos.

Quando olhamos para trás, temos a certeza de que a vida valeu a pena ser vivida. Não falo de bens materiais, todos eles são quase irrelevantes, não merecem ocupar mais do que um mínimo de nosso tempo ou de nossos esforços. Sim, tudo que vivemos valeu a pena. Porque você fez as nossas vidas valerem a pena.

Se mais quarenta anos tivéssemos, mais quarenta anos queria estar com você. Sempre juntos".

Achei lindo, principalmente porque senti verdade nas suas palavras, e dei-lhe um beijo. Lamentei apenas que mais anos não teremos para viver juntos. E que o fim possa estar tão próximo.

XXIX

SONHO OU PREMONIÇÃO

NAQUELA sexta-feira, a sessão de terapia com a doutora Rachel Keller seria a última do dia. Thomás deixou Nina na porta do consultório e combinou que passaria depois para buscá-la, já no início da noite.

Embora fosse relativamente jovem, a doutora Rachel Keller era uma das psicólogas mais respeitadas da cidade. Havia se formado em Londres, com cursos em Zurich e Berna. Às vezes, utilizava a sonoterapia, técnica que havia aperfeiçoado em Tel-Aviv, Israel. Seu pai, também psicólogo, havia lhe deixado o consultório numa casa que deveria ter pertencido a algum barão do café, numa rua bem arborizada do bairro de Campos Elíseos, não muito distante do palácio que, tempos atrás, tinha sido sede do governo do Estado de São Paulo.

Já escurecia quando a doutora Rachel Keller trancou a porta do seu consultório e surpreendeu-se ao ver Nina ainda sentada na sala de recepção, com uma revista na mão.

— Você ainda aqui?

— Meu marido ficou de vir me buscar, mas ainda não chegou — justificou-se Nina.

A psicóloga dispensou a recepcionista e assumiu que ela mesma se encarregaria de fechar a casa quando saísse. Sentou-se ao lado de Nina:

— Vamos conversar um pouco mais.

Nina preocupou-se:

— A senhora não tem compromissos? Eu posso esperar lá fora, o meu marido não deve demorar.

— Não tenho compromissos — respondeu. — Meu marido acabou de me ligar, avisando que ele mesmo vai buscar a nossa filha na escola.

— A senhora tem uma filha?

— Sim. Chama-se Ana Clara, tem oito anos e síndrome de Down.

Nina sentiu-se meio embaraçada, sem saber que caminho tomar para dar sequência ao diálogo.

A doutora Rachel Keller quase sorriu, certamente pensando na filha. Depois:

— Ana Clara é a pessoa mais doce que Deus colocou na face da Terra. Foi também o melhor presente que que, um dia, eu poderia receber.

— Verdade — disse Nina. — Filhos são um presente de Deus.

A psicóloga abriu a bolsa, retirou a carteira e mostrou a foto de Ana Clara, com seus olhinhos amendoados e os dentinhos miúdos num sorriso encantador.

— Ela é linda — disse.

— Mais que linda. Ela é tudo na minha vida — acrescentou a doutora Rachel Keller.

Nina não se lembrava do que havia conversado com a psicóloga durante a sessão de terapia. Talvez tivesse relatado alguns dos problemas que tanto a atormentavam. Talvez tivesse falado do desaparecimento da mãe, ou da morte dos irmãos e do pai. Ou mesmo da sua doença. Poderia ter falado do médico que tentou abusar dela no consultório. Poderia ter falado apenas da sua infância, quando — imaginou — talvez tivesse um sorriso tão lindo quanto o de Ana Clara. Gostaria de indagar à doutora Rachel Keller algo a respeito disso, mas não quis interrompê-la, pois a psicóloga parecia mais disposta a falar da sua própria vida.

A doutora Rachel Keller ajeitou-se na cadeira e fez a sua vida desfilar num único fôlego. Falou, por exemplo, por que havia se formado em psicologia, embora no início não tivesse imaginado seguir essa carreira, profissão do pai. Falou do amor pelo marido e de amores passados. Explicou a razão de uma minúscula tatuagem, uma flor espetada numa cruz, no pulso esquerdo. Contou a aventura dos avós que fugiram da guerra com uma única mala na mão, para buscar a paz no Brasil. Falou de sonhos e de frustrações. Falou de sua vida com Ana Clara. Falou das descobertas que fazia com ela todos os dias. Falou em detalhes de como gostava de arrumá-la para levá-la às festas ou à escola. Sempre em detalhes porque tudo que se relacionasse a Ana Clara ela insistia em contar com detalhes. Contou até o susto que ambas haviam passado quando quase se afogaram numa praia no Guarujá.

Por fim, depois de contar tantas coisas, deixou o olhar meio perdido. Em seguida, interrompeu o silêncio com uma frase enigmática:

— Se você me perguntar se sou feliz, não saberia responder.

Nesse momento, Thomás entrou na sala esbaforido:

— Me desculpem pelo atraso. Esse trânsito está um inferno.

Nina gostaria de pedir que ele esperasse um pouco mais, para poder continuar ouvindo a doutora Rachel Keller, mas ela, com um sorriso, apontou na direção de Thomás e fez um movimento de sobrancelhas indicando que fosse com ele.

Nina apanhou a sua bolsa, deu um abraço na psicóloga e ganhou outro sorriso de resposta:

— Na próxima vez, você não precisa pagar a consulta. Hoje quem fez a terapia fui eu.

Nina permaneceu calada durante todo o trajeto de volta. Ao chegar em casa, desceu rapidamente do carro e saiu correndo para dar um abraço em Joanna, que brincava com uma boneca no chão sala, ao lado de Benedita.

Quase um mês depois, Nina ligou para o consultório para marcar uma nova sessão de terapia.

A recepcionista atendeu:

— A senhora não soube? Infelizmente a doutora Rachel sofreu um acidente. Morreram ela e a filha afogadas no Guarujá.

Nina desligou o telefone em estado de choque, e atormentada por uma dúvida: aquela conversa com a doutora Rachel Keller teria sido apenas um sonho? Ou uma premonição?

"EXISTE sempre alguma coisa ausente que me atormenta" — escreveu Camila a Augusto, quase já a caminho do hospício, no desespero de um amor que faltava.

Entendo o desespero de Camila. Não há cura para as dores das ausências.

Analiso o dia de hoje e vejo que ele arrastou-se como sempre, não foi diferente dos demais. Mas, ao me deitar, eu me senti tomada por uma sensação de leveza. Uma sensação que antes nunca havia experimentado. Concluo que essa sensação chegou até mim porque já não carrego mais esperanças. Entendo que não devo desistir porque ali adiante posso encontrar o sorriso de uma criança que espera algo do mundo, ou a ruga de uma velhinha de olhar gazeado que devo reverenciar. E tudo isso faz a vida valer a pena. Ou, pelo menos, não ser inútil.

Mas é estranho constatar que, além de ser o combustível que alimenta os nossos passos e nos empurra para as decisões que devemos tomar, a esperança também representa um fardo. Um peso que nem todos conseguem carregar, pelo menos por todo o tempo.

Desde que vi aquele trem partir e levar a minha mãe eu nunca deixei de acreditar que, um dia, iria reencontrá-la. Agarrei-me a essa esperança e não permiti que me abandonasse. Acredito que fiz tudo o que foi possível. Mas, talvez, o possível não tenha sido suficiente para me colocar novamente diante dela, ainda que fosse apenas para dar-lhe um beijo e dizer que nunca a esqueci.

À essa esperança que já não tenho mais somam-se agora as desesperanças quanto à minha saúde. Sofri demais com todos os meus problemas, e não digo isso para que tenham pena ou piedade de mim. Eu sempre acreditei que iria superá-los. Sempre lutei para isso. Acreditei nos médicos, procurei seguir suas palavras. Segui conselhos de leigos, fui atrás até de cartomantes, padres, médiuns e curandeiros. Tudo isso porque lá na frente havia uma pequena luz, uma tênue chama de esperança.

Foi tudo inútil.

É doloroso o momento em que a gente desiste da luta. Fica aquele vazio que nada parece capaz de preencher. A sensação de leveza vem acompanhada de uma paz inexplicável e não desejada. Uma paz que a gente nem quer ter ao nosso lado, porque traz com ela uma sensação de abandono, aquela sensação de que tudo chegou ao fim, e de que não temos mais passos para dar. Foi assim que me senti hoje quando fui me deitar.

O que farei amanhã?

Haverá amanhã?

XXX

VIAGEM PARA ESQUECER

NUM QUASE final de ano, Nina e Thomás desembarcaram em Santiago do Chile para uma semana de férias. A viagem, anteriormente marcada para o início do ano, tivera que ser adiada por conta dos problemas que costumavam levá-la para o hospital. Agora, ela estava recuperada, parecia surpreendentemente bem. Era mais um dos intervalos que ela deveria aproveitar. No roteiro, as visitas aos pontos de atração da cidade, que ele já conhecia de viagens anteriores como repórter. Natural que, para Thomás, nada representasse muita novidade. Mas ele notou que, já no segundo dia, também Nina não demonstrava maiores curiosidades. Tiveram tempo para todas as atrações, algumas destinadas a turistas eventuais, outras não. Visitaram vinhedos, foram à casa de Pablo Neruda transformada em museu, conheceram o Palácio de la Moneda, tomaram o teleférico para o Cerro de San Cristóbal, passaram quase um dia inteiro no bairro de Lastarría, com seus museus, cafés, galerias, teatros e restaurantes. Nada parecia entusiasmá-la. Até mesmo as vistas espetaculares da cidade e das cordilheiras oferecidas pelo Mirante Costanera, a quase trezentos metros de altura, numa tarde de luz magistral, não mereceram mais do que a tímida frase "É lindo", pronunciada quase sem mover os músculos da face.

Quando ela pediu para cancelar a viagem que deveriam fazer até Viña del Mar, Thomás começou a ficar preocupado.

— Não é nada, não. Apenas não estou disposta a fazer esse passeio. Vamos ficar por aqui mesmo. Fazemos algumas compras, passeamos um pouco, à noite saímos para jantar — justificou-se, argumentando que o passeio iria exigir uma viagem de mais de cem quilômetros, algo que poderia ser cansativo.

Thomás ainda lembrou que Viña del Mar ficaria definitivamente fora do roteiro, pois no dia posterior iriam retornar ao Brasil.

— Não tem problema. Não faço muita questão — ela disse, com voz distante.

Uma resposta que, Thomás sabia, definitivamente não fazia parte do seu perfil. Em viagens anteriores, como à Europa ou Estados Unidos, ela demonstrava uma vontade incontrolável de visitar todas as atrações e conhecer todos os segredos de cada cidade, algo às vezes até incompatível para alguém que tinha consciência da necessidade de manter-se dentro das limitações impostas pela doença. Agora ela estava ali, quase o tempo todo apática e sem disposição para nada.

Naquele dia, ao contrário do que ela havia sugerido, não houve compras ou passeio pela cidade, nem mesmo jantar à noite. Pouco antes de saírem para o almoço, Thomás desceu até a portaria do hotel para fazer o câmbio de moedas. Quando retornou ao quarto encontrou Nina desmaiada, ao lado da cama. Enquanto a ambulância fazia zigue-zagues no meio do trânsito caótico rumo ao hospital, ela abriu os olhos, apertou as mãos de Thomás, mas não conseguiu dizer nenhuma palavra.

Já no primeiro exame os médicos constaram um enfarte; rapidamente realizaram uma angioplastia e providenciaram o implante de um marca-passo, diante de um quadro que classificaram como de alto risco.

— O senhor pode ir para casa. Ela ficará internada, em observação. Amanhã espero ter boas notícias para lhe dar — disse um dos médicos a Thomás.

HOJE, finalmente, eu encontrei a minha mãe. Se não foi apenas um sonho, ou mais uma das minhas estranhas visões, não sei como ela poderia ter chegado até aqui neste distante quarto de hospital, de onde vejo pela janela alguns pares de montanhas, que imagino altas, cobertas pela neve e iluminadas por um sol que há muito tempo não vem visitar o meu rosto.

Não a vi entrar. Quando percebi, ela estava diante de mim. Linda e serena, como sempre. Vestia um branco diáfano e trazia aquela mesma expressão que costumava exibir quando me colocava na cama e alisava os meus cabelos para me fazer dormir.

Conversamos por um bom tempo. Minha mãe falava mais com o olhar do que com as palavras. Foi bom porque pude saber que ela estava bem. E isso trouxe paz ao meu coração. Foi bom também porque pude falar dos meus filhos e dos meus netos, que lamentei ela não ter chegado a conhecer. "Conheci, sim", ela interrompeu. "Conheci todos eles". Melhor assim, pensei. E pude perceber a felicidade transbordando dos seus lábios quando relatei a alegria que todos eles me traziam. Pude, enfim, contar muitas das coisas que gostaria de ter dito a ela nesse tempo em que a procurei e não consegui encontrá-la.

Uma pena a enfermeira ter entrado no quarto quando ainda tínhamos muitas coisas para conversar. Minha mãe esperou que a enfermeira verificasse se estava tudo certo com os tubos que ainda me mantinham viva — e distante dela. Ficou me olhando com ternura redobrada e percebeu meu olhar de tristeza quando fez menção de partir. Então disse: "Nós vamos nos reencontrar outras vezes". Fiquei sem saber se ela viria até mim, ou se eu deveria ir ao encontro dela.

Depois deu um meio sorriso e desapareceu. Tive a impressão de que foi em direção às montanhas geladas. Gostaria também de ir em direção a essas montanhas.

Quando isso acontecer, espero que meu marido termine de contar esta história.

XXXI

FIM DA JORNADA

A INTERNAÇÃO durou pouco mais de uma semana. Na volta ao Brasil, novo enfarte e nova internação. Esta seguida de momentos dramáticos, pois Nina passou a ter convulsões. Uma seguida de outras.

Numa noite, dispararam os alarmes no quarto. As enfermeiras chegaram correndo. Nina havia se desvencilhado de todos os tubos. Chamava pela mãe.

Passaram a amarrar os seus braços na cama.

Os momentos de fuga da lucidez eram incertos. Poderiam demorar segundos, ou minutos. Ou o tempo que as alucinações julgassem necessário para prendê-la num mundo distante e impenetrável. Vieram outras internações, cada vez mais seguidas. Na última delas, que durou duas semanas, recebeu alta no dia do seu aniversário. Ao sair do hospital, fez uma oração e recebeu de Thomás mais uma orquídea, um tipo raro composto de pétalas aveludadas, com vários botões ainda por florir, encontrada originalmente na Guatemala. Resolveu chamá-la de Maia. Princesa Maia. Que ela tenha a mania de dar nomes de mulheres às suas orquídeas.

Ao chegar em casa foi recebida pela surpresa de uma festa preparada pelos filhos e netos. Pediu a todos que se dessem as mãos e novamente agradeceu a Deus. Depois, comemorou com a alegria de uma criança que estivesse completando sete anos de idade.

Naquela madrugada, Thomás acordou no meio da noite ao perceber que Nina estava sentada na cama em busca do ar que já parecia não estar disponível para ela. Percebeu também que a situação era grave e procurou o telefone para ligar para o serviço de pronto-socorro.

— Vou chamar uma ambulância — disse.

Depois de um esforço enorme em que a busca pelo ar parecia ter consumido as suas últimas energias, Nina tocou no braço de Thomás e, pela primeira vez, ele pôde identificar no seu rosto mais do que um olhar de resignação. Um olhar de desistência:

— Não faça isso, será inútil. Deixa eu ir...

A ambulância e os paramédicos chegaram rapidamente. Nem as massagens cardíacas, nem os procedimentos de ressuscitação deram resultado. Um novo enfarte havia colocado fim a um sofrimento que ela provavelmente sempre soube que não teria condições de suportar, mas que suportou enquanto as forças não a abandonaram de vez. Sem nenhum lamento ou palavra, fechou os olhos para encontrar em algum lugar as respostas e a paz que buscou, e não encontrou, durante toda a vida.

XXXII

ORQUÍDEAS EM FLOR

JOANNA abriu o armário em busca de uma roupa adequada para o funeral. Não queria que a mãe partisse vestida de luto, ou com alguma coisa que lembrasse tristeza. Espalhou as roupas sobre a cama e passou a eliminar uma a uma. Fazia frio e ela julgou que deveria escolher algo que a mantivesse aquecida. Optou por um casaco branco que Nina costumava usar em ocasiões especiais. Colocou-o numa sacola para levar ao serviço funerário e, antes de sair, percebeu que restava um casaco preto sobre a cama, o casaco que a mãe havia usado ao deixar o hospital, depois da última internação. Pegou-o para recolocá-lo no armário e notou que havia algo num dos bolsos: o terço com o crucifixo de madeira que Nina levava nas mãos no dia do seu casamento. Junto, uma folha de caderno com um pequeno poema, sem título, escrito com suas letras miúdas, inclinadas e já indecisas.

Dizia:

Antes que a noite chegue, espero falar com Deus e pedir perdão pelo que fiz, ou pelo que deixei de fazer

Antes que a noite chegue, espero que os meus passos não tropecem, sem que alcancem o final da caminhada

Antes que a noite chegue, espero que meus braços ainda tenham forças para oferecer amparo a alguém que desabou

Antes que a noite chegue, espero que a minha voz não se cale diante de nenhuma injustiça, ou daquilo que preciso dizer

Antes que a noite chegue, espero que meus olhos ainda tenham lágrimas para poder compartilhar com quem chorou

Antes que a noite chegue, espero que as minhas mãos sejam capazes de desenhar um último gesto de caridade

Antes que a noite chegue, espero lançar um último olhar de ternura a qualquer um que dele necessite

Antes que a noite chegue, espero que os meus abraços levem o seu calor a quem mereceu, e não fiquem paralisados, inúteis, no tempo

Antes que a noite chegue, espero que os meus gritos de amor ecoem pelas nuvens e retornem às pessoas certas

Antes que a noite chegue, espero que meus beijos não murchem nos meus lábios, e possam voar até aqueles a quem estavam destinados

Antes que a noite chegue, espero receber o beijo de quem me amou

Antes que a noite chegue, espero que o meu coração encontre enfim um ritmo manso — e então o galope de um cavalo branco me leve para sempre, já sem medo da escuridão.

A PANDEMIA que havia tomado conta da cidade restringiu o velório a um número limitado de parentes e amigos. Uma senhora, que caminhava com certa dificuldade, o rosto e o olhar marcados pelo tempo, aproximou-se e pediu para fazer uma oração durante a cerimônia que antecederia à cremação. Foi breve. Terminou suas palavras, passou a mão sobre os cabelos de Nina, ajeitou o boneco Chico que estava ao lado do corpo e desapareceu. Ninguém a conhecia. Ninguém falou com ela.

Thomás voltou para casa. Quando abriu a porta, para embarcar no trem da solidão, viu que, juntamente com a Princesa Maia, todas as demais orquídeas estavam floridas.

EM ALGUM momento deste livro Nina diz imaginar que eu poderia terminar de contar esta história. Duvidei, mas fiz o possível para atender à sua vontade. Embora Nina seja um nome fictício, a personagem é verdadeira. Assim como Catarina, a quem não conheci e cuja não-presença sustenta boa parte das linhas desta história. Nina foi a pessoa cujo destino (quem não acredita em destino?) foi traçado para fazer parte da minha vida. Ela me deu a maior parte dos anos da sua vida — e talvez os melhores. Os piores lamento não ter sido capaz de amenizar. Nina me deu uma família e, também, um sentido à minha vida. Nunca conseguirei ser suficientemente grato por tudo isso. Mais ainda: com as suas mensagens e reflexões — algumas das quais estão neste livro —, Nina foi a responsável pelo meu reencontro com Deus.

Quem acompanhou este relato e chegou até aqui percebeu que são parecidas as histórias de Nina e Catarina. Às vezes, podem até parecer uma história só. Como está dito em algum lugar, quando o fim se aproxima, os mistérios desta vida parecem levar tudo e todos nós para um mesmo plano; ali onde tudo se mistura e tudo se confunde. Só espero que não seja preciso perder o juízo para perceber isso.

Thomás

Il y a toujours quelque chose d'absence qui me tourmente

(Trecho de uma carta escrita pela escultora Camille Claudel a Auguste Rodin, em 1886, pouco antes que a loucura a levasse para um hospício)

AGRADECIMENTOS

Dra. Therezinha Verrastro
Dra. Lenyr Mathias
Dra. Cláudia Chiba
Dra. Ruth Bettarello

Dr. Marcelo Pinheiro
Dr. Marcelo Paiva
Dr. Alois Bianchi
Dr. Danielle Rivas
Dr. Polentzi Uriarte
Dr. Ricardo Valenzuela